suhrkamp taschenbuch 173

In der »Filmerzählung« von Paul und Paula spielt sich alles so und nicht anders ab: Es braucht lange bis zur großen Liebe. Paul, persönlicher Referent in einer Außenhandelsbehörde, hat ein bildhübsches, doch nicht sehr gescheites Mädchen geheiratet. Paula, mit zwei Kindern von zwei Männern, arbeitet im Supermarkt und ist entschlossen, dem Werben des ältlichen Herrn und Reifenhändlers nachzugeben – da begegnen sich Paul und Paula wieder, da geschieht's, in der Garage, da türmen sich die Komplikationen, bis alle Komplikationen der ganz großen Liebe und schließlich einer letzten Komplikation, Paulas Tod, Platz machen.

Ulrich Plenzdorf wurde 1934 in Berlin geboren. In Leipzig studierte er Philosophie, später absolvierte er die Filmhochschule und arbeitete als Szenarist bei der DEFA. 1973 erschien *Die neuen Leiden des jungen W.*, »ein Stück Weltliteratur« (*SPIEGEL ONLINE*). Ulrich Plenzdorf starb im August 2007 bei Berlin.

Ulrich Plenzdorf
Die Legende von Paul & Paula

Filmerzählung

Suhrkamp

Umschlagabbildung: Winfried Glatzeder in
»Die Legende von Paul & Paula«, 1972,
Foto: defd, Hamburg

Klimaneutral
Druckprodukt
ClimatePartner.com/14438-2110-1001

21. Auflage 2023

Erste Auflage 1974
suhrkamp taschenbuch 173
© Henschelverlag Berlin 1974
Alle Rechte vorbehalten durch
Suhrkamp Verlag Berlin
Suhrkamp Taschenbuch Verlag
Alle Rechte vorbehalten, insbesondere das
der Übersetzung, des öffentlichen Vortrags sowie
der Übertragung durch Rundfunk und Fernsehen,
auch einzelner Teile.
Kein Teil des Werkes darf in irgendeiner Form
(durch Fotografie, Mikrofilm oder andere Verfahren)
ohne schriftliche Genehmigung des Verlages reproduziert
oder unter Verwendung elektronischer Systeme verarbeitet,
vervielfältigt oder verbreitet werden.
Umschlaggestaltung: Göllner, Michels, Zegarzewski
Satz: LibroSatz, Kriftel
Druck: CPI books GmbH, Leck
Printed in Germany
ISBN 978-3-518-36673-8

www.suhrkamp.de

Personen

Paula	*Arbeiterin*
Paul	*Angestellter*
Colly	*ungelernter Arbeiter*
Pauls Frau	*Hausfrau*
Ihre Eltern	*Schausteller*
Herr Saft	*Vulkaniseurmeister*
Der Hohlkopf	*} Angestellte,*
Der Kumpel	*} Kollegen von Paul*
Der Liebhaber	*wahrscheinlich Bademeister*

Berlin.
Es ist Winter.
In einer alten Straße sprengen sie wieder Häuser.
Das erste.
Das zweite.
Sie fallen in sich zusammen.
Als sich die unvermeidlichen Staubwolken verziehen, werden die Fassaden neuer Bauten sichtbar.
Ein drittes altes Haus. (Das Von Paula)
Hier wird noch ausgezogen. Ein Möbelwagen steht vor der Haustür. Neugierige haben sich angesammelt.
Nichts ist so interessant wie fremde Einrichtungen, wenn sie von Möbelpackern auf die Straße getragen werden. (Es handelt sich um Paulas Schlafzimmer, Küche . . .)
Zur gleichen Zeit wirft Paul aus Paulas Küchenfenster alten Hausrat auf den Hinterhof. Ein ganzer Berg davon liegt hier schon.
Die letzten Kleinigkeiten der Einrichtung trägt er selbst zum Möbelwagen, vor allem ein großes, oval gerahmtes Foto.
Das Bild zeigt Paul und Paula. Sie knien auf einem Bett und Paula umarmt Paul so leidenschaftlich, daß sein Hemd auf dem Rücken zerrissen ist. Dabei lacht sie unter Tränen.

*Die Neugierigen und die Möbelpacker werden aufmerk-
sam.
Pauls erste Reaktion ist, das Bild zu verdecken – aber
dann gibt er es doch frei.*

Die Legende von Paul & Paula

Darunter von einer Beat-Band gespielt und gesungen

Wenn ein Mensch kurze Zeit lebt
Sagt die Welt, daß er zu früh geht
Wenn ein Mensch lange Zeit lebt
Sagt die Welt, es ist Zeit, daß er geht.

Jegliches hat seine Zeit
Steine sammeln, Steine zerstreun
Bäume pflanzen, Bäume abhaun
Leben und Sterben und Friede und Streit.

Unsre Füße, sie laufen zum Tod
Er verschlingt uns und wischt sich das Maul
Unsre Liebe ist stark wie der Tod
Und er hat uns manch Übels getan.

Meine Freundin ist schön
Als ich aufstand, ist sie gegangen
Weckt sie nicht, bis sie sich regt
Ich hab mich in ihren Schatten gelegt.

An derselben Stelle, an der Paul eben noch gestanden hat, steht jetzt Paula. Sie mag neunzehn sein, und sie sieht umwerfend gut aus, und sie weiß das.

Sie hat noch keine Lust, ins Haus zu gehen. Es ist Sommer, die Straße voller Leute . . .

Auf der Straßenseite gegenüber steht Paul. Auch er noch jung, noch ganz unetabliert, wahrscheinlich noch in der Ausbildung. Auch auf dieser Straßenseite noch Altbauten. Dann überquert Paul die Straße, direkt auf Paula zu.

Sie begrüßen sich flüchtig, man wohnt schließlich vis-à-vis, dann geht Paul in den nächsten Laden.

Am Straßenrand direkt vor Paula hält ein gepflegter Wagen.

Ihm entsteigt ein Mann in Leder:
Lederhut, Lederjacke, Autohandschuhe.

(Herr Saft, 50, Inhaber der Firma »Reifen-Saft«)
Galant zieht er den Hut vor Paula.

Saft Guten Abend, Frau Paula! Wie wär's mit einer kleinen Fahrt in den Frühling. Vor die Tore der Stadt gewissermaßen?

Paula Geht nicht, Herr Saft. Die Kleine muß ins Bett. Und überhaupt: Ich hab was vor heut.

Saft Macht nichts, kleine Frau. Vielleicht ein andermal... Aber Scherz beiseite – Sie wissen ja, ein Wort genügt, und Saft ist immer für Sie da. Ich empfehle mich.

Paula in ihrer Wohnung.
Sie hat ihre vielleicht dreijährige Tochter ins Bett gebracht, die mault.

Das Kind Immer muß ich schlafen!

Paula Damit du groß und schön wirst.

Das Kind Warum muß ich schön werden?

Paula Damit du einen Mann kriegst, später.

Das Kind Warum muß ich . . .

Paula Warum! Warum! Warum ist die Banane krumm. Schlaf jetzt!

Sie hat keine Geduld mehr – aber schon in der Tür tut es ihr leid.

Paula Paß auf! Du schläfst jetzt schnell, und wenn du morgen ganz früh aufwachst, kommst du zu mir ins Bett. *Im Nebenzimmer schminkt sich Paula vor ihrer Uralt-Waschtoilette. Sie schminkt sich etwas zu grell.*

Der Berliner Prater in der Kastanienallee.
Himmel und Menschen bevölkern diesen kleinen Vergnügungsfleck.
In einem Pulk junger Mädchen ist Paula die Älteste.
Auf ihren Befehl hin stürmt der ganze Haufen das große

Karussell, aber nicht des Karussells wegen, sondern Collys wegen, des Kassierers. Auf ihn hat es Paula abgesehen, auf seinen prachtvollen blonden Lockenkopf und seine blauen Augen.

Colly ist ein Kerl von der Sorte, wie sie auf dem Rummel geboren zu sein scheinen. Er weiß auch ganz genau um seine Wirkung auf Mädchen. Seine Arbeit ist ihm fortwährende Gelegenheit zum Auffischen von Mädchen. Er hat dann auch Paula sofort im Visier. Er läßt sie eine Weile warten, bis Paula schon keine Hoffnung mehr hat, dann schwingt er sich in Paulas kreisende Gondel und flüstert ihr sein Angebot ins Ohr. Mit dem Erfolg, daß Paula ihn ohrfeigt.

13

Colly schaltet sofort auf ernst, deprimiert und leidend um. Er zieht sich zurück. Paula sieht ihm irritiert nach. Nicht weit vom Karussell steht eine Schießbude, und dort steht am selben Abend Paul – so sagt jedenfalls die Legende. Er muß hier schon eine ganze Weile am Werke sein, denn vor ihm liegt ein ziemlicher Haufen an Trophäen. Hauptattraktion der Schießbude sind aber nicht die Papierblumen und Teddybären, sondern die schöne Tochter des Besitzerpaares. Sie sitzt gut plaziert hinter der Theke mit den Gewehren und hat nichts weiter zu tun, als zu lächeln und schön auszusehen. Ihretwegen verbringt Paul hier seinen Abend – und er nicht allein. Paul kann kaum die Augen von der Schönen lassen. Zum Schluß reißt er sich zusammen, greift sich seine Trophäen, reicht sie der Schönen hin.

Paul *stottert* Wertes Fräulein, darf ich wagen . . . Arm und Geleit Ihr anzutragen?

Seine Stirn wird feucht dabei, seine Knie weich. Die Schöne reißt ihre schönen Augen auf. Sie versteht kein Wort. Womöglich hält sie das alles für einen besonders unzüchtigen Antrag.

Paul *versucht zu erklären* Ich meine Ihnen . . . nein, Sie. Ob wir nicht mal zusammen ausgehen?!

Die Schöne ist erleichtert. Das hat sie verstanden. Sie nickt Paul zu. Und Paul ist konsterniert von seinem Erfolg, daß er wortlos geht.

Die Schöne *ruft ihm nach* Na, ja und?! Wann denn und wo denn und wat denn?! Bin ick Jesus?!

Paul zuckt zusammen. Eine so schöne Frau und ein dermaßen ordinärer Ton!

Aber die Schöne lächelt schon wieder und Paul vergißt auf der Stelle alles.

Paul Ich würde sagen: Vielleicht sofort?!

Die Schöne nimmt ihre Handtasche, verläßt die Schieß-
bude und geht mit Paul ins Gewühl. Sofort verlaufen sich
sämtliche männlichen Kunden. Paul bemerkt offiziell
ihre neidischen Blicke nicht, und über das Geschimpfe des
Schießbudenbesitzers setzt er sich hinweg.

Der Schießbudenbesitzer Was soll das, Ines?! Und das
Geschäft!? Unsereins kann schuften . . .!

Völlig anders reagiert seine aufgedonnerte Frau. Sie
schwingt sich auf den Platz ihrer Tochter und fängt an,
mit kreischender Stimme zu werben, und zwar für sich
und ihre verblichenen Reize.

Die Frau Aber, aber, meine Herrschaften! Jeder Schuß
ein Treffer! Bitte sehr . . .! Gewinne von unschätzbarem
Wert!

Das ändert nichts an der Lage vor der Bude.
Das Paar gerät sich in die Haare.

Es ist dunkel. Keine Seele mehr im ganzen Prater. Nur
Paula. Sie wartet im Halbdunkel.

Colly schaltet den Strom am Karussell ab, macht Feier-
abend. Sein Gehabe ist immer noch deprimiert. Der
ganze Grund ist: Er weiß, daß Paula auf ihn wartet.
Geschickterweise geht er so weg, daß Paula ihm nachlau-
fen muß. Als sie bei ihm ist, spielt er Überraschung und
Erkennen.

Colly *entschuldigt sich* Tut mir leid, wegen vorhin. Aber
sehen Sie, der Mensch . . . wie das Leben so spielt. Ich
meine, der Rummel und so. Man kann auch zum Luden
werden. Gute Nacht.

Aber Paula bleibt bei ihm.

Vor Collys Wohnwagen.

Paula *fragt ihn* Was war denn Ihr Instrument?

Colly Schelloh.

Dabei macht er eine vage Geste, die eher auf Klarinette schließen ließe.

Paula Und?

Colly Nichts. Unbegabt. Aus.

Seine Augen werden ganz dunkel vor Kümmernis.

Paula Ist das nachts nicht noch mächtig kalt in dem Ding?

Sie meint den Wohnwagen.

Colly Das ist nichts für Sie.

Worauf Paula ihn zur Seite schiebt und in den Wohnwagen klettert.

Colly folgt ihr, sieht sich aber nochmal pfiffig um: Sieht sie auch keiner?

Nicht weit vom Wohnwagen sitzt Paul mit der Schönen auf einer Bank. Der Mond scheint. Die Nachtigallen schlagen. Die Schöne sitzt in herrlicher Pose neben Paul. Paul liegt innerlich auf den Knien vor ihr.

Folgender Dialog wickelt sich zwischen beiden ab:

Paul Das ist ein Abend wie Seide.

Die Schöne Pfui! Hier sind ja Ameisen!

Sie springt auf.

Paul Sie müssen sich irren. Ameisen schlafen nachts.

Er hat große Angst, daß die Schöne etwa geht. Er atmet auf, als sie sich wieder setzt.

Paul Wenn Ihnen kalt ist, nehmen Sie doch meine Jacke.

Die Schöne Soll mir wohl das Kleid zerknittern!?

Sie nimmt Abstand von Paul. Paul ist kurz davor zu verzweifeln. Dann macht er einen zweiten Anlauf.

Paul Das ist ein Abend wie Seide.

Die Schöne Bitte, ja?!

Sie legt in ihre Stimme etwas, das sie für Erotik hält.

Paul Ich meine: so weich.

Die Schöne Bitte, ja!?

Paul weiß nicht weiter.

Die Schöne *fragt plötzlich* Was machen Sie eigentlich, wenn Sie nicht kleine Mädchen verführen?

Paul Ich studiere.

Die Schöne *sofort* Medizin?!

Paul Ja . . . das heißt, nicht direkt.

Die Schöne Und welches Sylvester, wenn man fragen darf?

Paul Wie bitte?!

Die Schöne Mann! Welches Lehrjahr oder wie das heißt.

Paul Das letzte . . . fast das letzte Semester.

Die Schöne Und dann? Schon 'ne Stellung?

Paul Alles schon klar.

Die Schöne Und?!

Paul *begreift nicht gleich – dann* Achthundert für den An-
fang.

Die Schöne Auf die Hand?

Paul Was denn sonst. Und das kann sich schnell ändern.
In einem Jahr kann es schon das Doppelte sein. Bei den
Perspektiven!

18

Er gibt an, weil er sieht, das alles beeindruckt sie. Die Schöne wendet sich ihm zum ersten Mal voll zu und lächelt ihn auf eine unbeschreibliche Weise an.
Paul darf sie küssen.
Die Schöne *flüstert* Du bist gar kein kleiner Dummer nicht.

Keinen Monat später wird Paul geheiratet, mit Kirchenglocken, Brautkutsche, Rosenstrauß, Schwiegereltern und Fotografen.
Nach einem Jahr hat er ein Kind und rückt zur Armee ein.

Etwa zur selben Zeit übernimmt Paula in der Geburten-
klinik von der Schwester ihr zweites Kind, einen Jungen.
Die Schwester ist besorgt.

Die Schwester Wollen Sie nicht doch noch eine Zeit hier-
bleiben, wenigstens drei Tage?
Paula will nicht. Sie ist unruhig, will weg mit dem Kind,
zu Colly.
Aber die Wartebank für gewordene Väter ist leer.
Später kommt der Professor der Geburtenklinik.

Der Professor *sieht sie lange an* Wir sind knapp mit Bet-
ten, aber ein Wort, und ich behalte dich noch 'ne Woche
oder zwei.

Paula Vielen Dank, Herr Professor, für alles und auf Wiedersehen!

Sie will gehen.

Der Professor Nein. Eben nicht: Auf Wiedersehen! Versteh doch mal! Ich will dich hier nicht wiedersehen! Das ging beim ersten Mal noch, obwohl . . . und das ging diesmal noch gut, bloß frag mich nicht, was wir alles mit dir angestellt haben. Du bist einfach nicht eingerichtet für ein Dutzend Kinder, begreif das endlich. Jedenfalls – beim dritten Mal kommst du nicht durch, das steht fest. Fang endlich mal an, an dich selbst zu denken. Und laß dir diesmal nicht nur die Pillen verschreiben, sondern nimm sie auch!

Er sieht Paula an. Hat es gereicht?

Paula *nickt, sagt aber* Auf Wiedersehen.

Im Durchgang ihres Hauses trifft Paula auf Reifen-Saft. Er begrüßt sie.

Reifen-Saft Gratuliere. Wenn das keine Schönheit ist, tja! Ganz die Mutter!

Er lüftet seinen Lederhut. Ihm geht es weniger um das Kind, als um das Kompliment für die Mutter.

Reifen-Saft Sie sehen blendend aus!

Paula Danke. Aber nie wieder . . .

In der Tür zu ihrem Schlafzimmer, immer noch das Kind auf dem Arm, sieht Paula folgendes:

Colly und ein minderjähriges Mädchen, die restlos vernarrt in Collys blondes Haar ist.

Hier wird nach Musik vom Tonband getanzt.

Colly *freundlich* Du schon, Paula? Was ist es denn? Ein Junge?

Paula legt das Kind aus der Hand.

Den Moment nutzt das Mädchen und verschwindet.

Aber Paula hat es überhaupt nicht auf sie abgesehen. Sie geht auf Colly zu und ohrfeigt ihn erst links und, bevor er nach rechts fallen kann, rechts.

So scheint Colly Paula noch nicht zu kennen (und sie sich selbst vielleicht auch nicht), dann erst hält er Paulas Hände fest.

Paula *faucht ihn an* Du Ferkel du. Du blondes Ferkel du. Während ich fast draufgehe, hast du andere Weiber.

Colly verzichtet ganz auf irgendwelche Erklärungen, er verläßt sich ganz auf die Wirkung seiner treuen, blauen Augen.

Paula Glotz mich nicht so an! Verschwinde, eh sonst was passiert! Raus. Ab. Und laß dich ja nicht wieder sehn bei mir, mit deinen widerlichen blonden Zotteln!

Sie jagt ihn aus dem Zimmer.

Colly *lamentiert* Aber Paula! Das kannst du doch nicht machen mit mir. Denk doch mal an unsere schöne Zeit . .

Du weißt, meine Konstitution ist nicht die beste . . .

Paula Aber dazu reicht sie, ja?! Mit minderjährigen Krabben.

Seine letzten Sachen schmeißt sie Colly im Treppenhaus vor die Füße.

Colly rührt sich nicht. Er spielt vor dem vollbesetzten Treppenhaus den ganz zu Unrecht Verstoßenen. (Übrigens: Es wohnen nur Rentner in Paulas Haus.)

Colly *bittet nur* Kann ich das Kind nicht sehen!?

Zur selben Zeit geht bei Paul dieses vor:
Paul steht in der Tür zu seinem Schlafzimmer.
Er steht wie ein Stock.
Vor ihm folgendes Bild:
An der Frisierkommode sitzt seine Frau, im Negligé. Sie

steckt sich die Haare auf. Sie ist absolut schön, wo man auch hinsieht, aber besonders die Büste.

Hinter ihr, in einem der lässig aufgeschlagenen, zerdrückten Ehebetten, liegt ein Mensch, ein Mann: Schwimmermuskeln, broilerbraun, splitterfasernackt und viel Haare auf der Brust. Der Mann tut nichts, sagt nichts. Alle drei tun zunächst nichts und sagen nichts. Dann nimmt Paul seine Schirmmütze ab und fängt an, sich die Uniformjacke auszuziehen. Was er vorhat, ist klar. Es geht gegen den Mann.

Die Frau sieht kühl zu, aber ihr Puls geht doch etwas schneller, die Nasenflügel verraten es.

Paul macht seine Uhr ab.

Der Mann im Bett sucht irgendeinen Ausweg.

Paul kommt auf ihn zu, aber im letzten Moment fällt ihm

ein Wo ist der Junge?

Die Frau Schläft.

*Pauls nächste Regung ist: zu dem Jungen nach nebenan.
Aber dann ist ihm der bloße, wenn auch klassisch kleine
Hintern von dem Mann doch zu provozierend. Er nimmt
sein Koppel und zieht ihm eins über.*

Der Mann will schreien, wohl auch prophylaktisch, aber
Paul *befiehlt* Ruhe!

Dann geht er aus dem Zimmer.

Es zieht ihn zu seinem Jungen.

*Der Junge kann schon stehen. Er turnt an seinen Bett-
stäben. Als er Paul sieht, lacht er zahnlos. Paul vergißt
fast sofort seine Sorgen. Er fängt an, mit dem Jungen zu
turnen.*

Seine Frau kommt ins Zimmer.

Die Frau *sagt patzig* Laß dir doch gleich scheiden.

Paul Und der Junge?!

*Dann geht er in die Küche, etwas essen. Nicht weil er
Hunger hat. Er muß irgendwas tun.*

Zwei Sekunden später ist seine Frau da.

Die Frau Aber ich kann dir doch was zu essen machen!
*Und wie bestellt laufen ihr die Tränen aus den Augen.
Dann greift sie zur Kaffeemühle und fängt an, stumm für
Paul Kaffee zu mahlen.*

Sie ist immer noch im Negligé.

Ob Paul will oder nicht – sie wirkt auf ihn.

Die Frau Ich hab das ja nicht gewollt mit dem Kerl. Es
war Schicksal. Ich hab nicht gegen angekonnt. Drei Jahre
Armee und immer nur das bißchen Urlaub. Von drei
Jahren war nie die Rede. Überhaupt nicht von Armee.
Ich hab mich gesehnt, Paul!

Das ist zuviel für Paul. Er greift nach dem ersten besten

Gegenstand, der Kaffeekanne, und schmettert sie zu Boden.

Die Frau Reg dir nicht uff, Paul!

Sie flüchtet ins Schlafzimmer.

Paul fegt noch die Scherben zusammen, dann folgt er ihr. Er schließt die Tür hinter sich. Hinter der Tür etwa folgender Dialog:

Paul War er öfter hier?

Die Frau Nein. Nie!

Paul Wie lange kennst du ihn?

Die Frau Aber Paul . . . überhaupt nicht . . .

Paul Was heißt denn das?

Die Frau Ich kenn ihn eigentlich gar nicht.

Paul Wie oft war er hier?!

Die Frau Bloß heute. Es war das erste Mal, Paul.

Paul scheint ihr zu glauben. Es wird still im Zimmer. Später liegen sie beide im Bett. Paul hat ihren Kopf auf seine Brust gelegt. Er streichelt ihr prachtvolles Haar.

Paul *entwickelt sein Programm* Den alten Plunder verkaufen wir oder wir schmeißen ihn weg. Alles wird neu, Ines, die ganze Wohnung, du wirst staunen.

Die Frau Auch die Küche und dit olle Clo?

Paul Klar. Alles. Und ausgehen werden wir, tanzen. Man muß rauskommen. Und im Sommer gehen wir baden. Und ins Theater. Viel ins Theater.

Die Frau Dafür hab ich nichts anzuziehen.

Paul Dann kaufen wir was. Was dir gefällt, kaufen wir. Wirst sehen, Ines: Ich werde ranklotzen. Und wie! Und auf den Jungen freu ich mich. Wenn er größer ist, soll er Leistungssportler werden. Das ist gut für den Charakter . . . Jetzt fängt ja alles erst richtig an!

Jahre später hat Paul es geschafft. Er wohnt immer noch vis-à-vis von Paula, aber jetzt im Neubau.
Die Frau schläft, das Kinn hoch wegen der drohenden Falten, die Haare im Netz. Trotzdem ein herrlicher Anblick. Auch Paul empfindet so, der in seinem Bett schon lange wach liegt.
Dann klingelt der Wecker, Paul rappelt sich auf. Die Frau schläft weiter.

Paula kommt mit ihren Kindern aus dem Haus – sie sind jetzt sechs und drei Jahre alt.
Am Rinnstein steht Herr Saft mit seinem Auto. Paula steigt mit den Kindern ein, wohl nicht zum ersten Mal.

Gegenüber kommt Paul aus dem Haus. Seine Gangart ist betont seriös. Er trägt einen für sein Alter viel zu dezenten Anzug mit weißem Hemd und darauf abgestimmter Krawatte, einen sogenannten Attachékoffer und sogar einen Hut.

Er setzt sich in seinen Dienstwagen, der schon wartet. Hinten sitzen zwei seiner Kollegen, fast exakt so angezogen wie Paul und auch diese Attachékoffer auf den Knien. Der eine davon ist der Typ des wichtigtuerischen Hohlkopfes, der andere einfach ein sympathischer Kumpel. Als Paul sitzt und der Wagen anfährt, wird sofort ein Koffer flachgelegt, und ein Skatspiel kommt zum Vorschein . . .

Paula arbeitet in der Flaschenrücknahme einer großen Kaufhalle.

Vor der Tür steht bereits eine Schlange Flaschenrückgeber, meistens Bauarbeiter.

Es herrscht allgemeine Ungeduld.

Hinter dem noch geschlossenen Schalter rackert Paula mit den Flaschenkästen, die nicht so wollen wie sie. Sie stößt sich immerzu, reißt sich einen Finger blutig, einer der Kästen kommt ins Rutschen. Paula hält ihn in letzter Sekunde – Scherben gibt es trotzdem.

Dann wird ans Schalterfenster geballert.

Paula antwortet nur mit einem Blick. Zunächst kümmert sie sich um ihren Finger. Dann fängt sie an, in aller Ruhe Geld in ihre Kasse zu sortieren.

Die Bauarbeiter *ballern und rufen* Zehn nach acht! Wir müssen Werte schaffen!

Paula Sauft halb soviel. Braucht ihr nicht vom Flaschenpfand zu leben.

*Den Schalter läßt sie nach wie vor zu. Sie befaßt sich jetzt
mit ihrem Spiegelbild. Sie gefällt sich überhaupt nicht. Sie
versucht, etwas mit ihren Haaren anzufangen. Es gelingt
nicht. Aus Protest macht sie sich so häßlich wie möglich.
Dann macht sie endlich den Schalter auf. Das Brett davor
ist schon voll leerer Flaschen.*

Paula *sofort* Halbliterflaschen nehmen wir nicht mehr.
Bauarbeiter Erst gestern gekauft.
Paula Und die auch nicht. Angeschlagene Flaschen
nimmt mir der Brauer nicht ab.
Bauarbeiter Jott – der Kratzer!
Paula Der nächste!

*Sie mißbraucht ihre Macht, aber glücklicher macht sie das
auch nicht.*

*Abends, als Paula nach Hause kommt, liegen direkt vor
dem Haus gut und gerne zehn Zentner Briketts, einfach
hingeschüttet. Paula steht fassungslos davor.*
*Es ist schon dunkel, da sammelt sie die letzten beiden Ei-
mer voll.*
*Andere haben da Besseres zu tun. Sie gehen zum Beispiel
ins Kino, hinten in Paulas Haus. Sie spielen da die dritte
Woche einen großen historischen Liebesfilm. Auch sonst
blüht die Liebe in der Straße, meistens junge. Paula sieht
es, ohne einen Blick dafür zu haben.*
*Erst im Durchgang bleibt sie für eine Sekunde vor dem
schönsten der Szenenfotos aus dem Liebesfilm stehen: Im
Hintergrund eine Stadt, schön und alt, im Vordergrund
die Liebenden, schön und jung und in diesen schönen Ko-
stümen. Sie sehen sich tief in die Augen . . .*
*Da spricht jemand Paula an. Es ist die Einlaßkraft vom
Kino, eine sehr feine, nette alte Dame.*

Frau Knut Ja, die Liebe!

Paula Ist doch alles Schmus, Frau Knut.

Frau Knut Sagen Sie das nicht!

Paula Damals vielleicht nicht!

Frau Knut Heute auch nicht, Fräulein Paula, heute auch nicht.

Paula bricht die Diskussion ab: Sie greift nach ihren Eimern.

Als Paul nach Hause kommt, ist die Wohnung besetzt von seinen Schwiegereltern. Sie sehen fern, tratschen, schlabbern Kaffee. Und dazwischen der Junge, der auf die Röhre starrt . . .

Paul ist sofort sauer. Trotzdem muß er der Gäste wegen eine zärtliche Ehebegrüßung absolvieren.

Paul *fragt seine Frau* Warum ist der Junge nicht unten?

Die Frau Koofst ihm ja keen Fahrrad!

Paul Und das im Keller?

Die Frau Dit olle Schabrack? Wa, mein Kleener?

Aber der Junge hört gar nicht. Die Röhre hat ihn. Paul dreht den Ton leiser – sofort Protest.

Paul Wir gehn noch'n bißchen.

Er will den Jungen hier raus haben.

Die Frau *sofort* Laß'n doch! Schadt'm doch nischt! Wa, mein Kleener?

Paul zieht sich hinter eine Zeitung zurück.

Der Schwiegervater Das ist noch 'n Showgeschäft!

Er meint die Fernsehbilder von einem Superrummel.

Der Junge Was is'n das?

Die Schwiegermutter Na, Karussells, Achterbahn . . . Opa hatte früher drei Karussells und 'ne Geisterbahn. Da hättst du jeden Tag Karussell fahren können. Aber

geht nicht mehr, mein Junge. Böse Menschen haben Opa
alles weggenommen.

Paul Ja, wegen Betrug und Steuerhinterziehung!

Seine Frau Sei höflich zu meinem Vater, ja?!

Paul *brüllt sie an* Halts Maul, dumme Gans!
Zunächst Stille.

Die Schwiegermutter Paul, wie du uns behandelst – bitte
sehr! Aber ich muß mich doch sehr wundern, in welchem
Ton du mit deiner Frau sprichst!
Das ist zuviel für Paul. Er rennt aus dem Zimmer.

Paula hat die zehn Zentner Kohlen im Keller.
Sie läßt sich so wie sie ist auf ihr Bett fallen. Sie ist k. o.

Paula Um neun schlafen! – Es muß doch auch noch was
anderes geben als schlafen. Arbeiten. Schlafen und wieder arbeiten! Mit dreiundzwanzig Lenzen!

Von unten kommen Musik und Dialoge des Liebesfilms. An einem Punkt preßt sich Paula leicht hysterisch die Fäuste auf die Ohren.

Paula Herrjott, wenn die doch bloß nicht so tun täten, als ging's nicht ohne das! – Ich komm doch ganz gut ohne aus . . . Dabei könnt ich den Reifenfritzen haben. Der steht doch Gewehr bei Fuß.

Ein Wort, und ich hab ihn, und zwar mit Standesamt und Kirchenglocken, und keiner schüttet mir mehr Kohlen vor die Tür, und meine Kinder haben einen Vater . . .
. . . Der ist noch ganz flott soweit. Ansonsten hab ich meine Ruhe. Aus. Fertig!

Zugleich greift sie, ohne hinzusehen, nach einer Flasche Kirschwhisky und kippt hintereinander zwei Gläser.

Dann steckt sie die Füße unter das Deckbett . . .
. . . Ein bißchen laß ich ihn noch zappeln und dann: bim,
bam, bim, bam . . . Die Kirchenglocken . . .
. . . aber bevor es soweit ist, mach ich noch ein Faß auf
und kein kleines! . . .
. . . Und kein kleines!
. . . Und zwar sofort! Und ich weiß auch, wo!
Sie springt aus dem Bett und fängt an, sich zum Weg-
gehen fertig zu machen.

Eine Kellerbar ist Paulas Ziel.
Paula stellt sich an den Rand der Tanzfläche. Der Tanz
läuft. Paula betrachtet das Angebot an Männern, vor al-
lem an solchen, die für sie in Frage kommen, und läßt sich
selbst sehen. Es fällt ihr nicht ganz leicht, was sie hier
macht, aber ihr Entschluß steht fest.
Soviel sie sieht, scheinen die anwesenden Männer in fe-
sten Händen. Trotzdem hat sie bald Kontakt zu einem
davon. Er tanzt vertraut mit seiner Partnerin und routi-
niert, aber darüber hinaus haben sich beide nicht viel zu
sagen. Nehmen wir an, die beiden sind oft hier, kennen
sich gründlichst. Er ist der Typ eines alternden Playboys,
sie das Pendant dazu. Sie lächelt wissend, als sie sieht, wo
er mit den Augen ist.
Er ist blond.
Um die Zeit ist Paul schon in der Bar, sagt die Legende.
Es dauert nur seine Zeit, bis beide voneinander Notiz
nehmen, dann nicken sie sich flüchtig zu (immerhin, man
kennt sich vom Sehen) und wenden sich wieder ab. Kei-
ner ist das, was der andere sucht.
Außerdem gibt es sehr bald eine ›Funkbrücke‹ zwischen
Paul und jener Frau, die mit ihrem Partner so vertraut-

routiniert tanzt, hergestellt von der Frau, die nun auch
weiß, mit wem sie demnächst tanzen wird. Diesmal lächelt ihr Partner . . .
Paul reagiert zunächst wie Paula: gar nicht. So schnell
wird er nicht warm.
Aber jenes Paar tanzt sich zu ihm und Paula durch,
trennt sich, der Mann zieht Paula auf die Tanzfläche, die
Frau Paul. Geredet wird nichts, alles machen die Augen.
Und Paul und Paula ergeben sich beide in das gewollte
Schicksal, lassen mit sich tanzen, lassen sich an die Bar
bringen, lassen sich aufs Trinken ein, aufs Küssen.

Sie geraten übrigens immer wieder nebeneinander: auf
der gefüllten Tanzfläche Rücken an Rücken, an der Bar
Seite an Seite . . .
Später im Garderobenraum stehen Paul und Paulas Part-
ner, die Mäntel der Frauen über dem Arm.
Paulas Partner *sagt dezent zu Paul* Dann viel Vergnügen,
Bruder.
Paul lächelt eitel.

In der Damentoilette macht sich Paula frisch.
Neben ihr sagt

Pauls Partnerin *leise und klangvoll* Gratuliere!
*Paula lacht, aufgedreht vom Alkohol, vom Flirt und von
dem, was kommen soll.*

*Vor der Kellerbar reißen Pauls Partnerin und Paula
gleichzeitig die Hand hoch.*
Sie rufen Taxi!
*Bremsen quietschen fast sofort, aber im selben Moment
greift Paula nach Pauls Hand und Paul nach Paulas, sagt
die Legende.*

Paul bringt Paula vor seine Garage.
*Paula betrachtet sie äußerst skeptisch. Sie weiß nicht, was
sie hier soll.*
*Aber als Paul aufgeschlossen hat und Licht macht, reißt
sie doch die Augen auf. Es geht hier ziemlich wohnlich
und sauber zu. Da steht zwar ein Auto, aber das ist ein altes, halb demontiertes, das noch viel Platz läßt für Tisch,
Schrank und sogar eine Campingliege.*
*Paul fällt zunächst nichts besseres ein, als ihr das Auto zu
zeigen. Er hält ihr ein Bild hin.*
Paul So soll er mal aussehen!
*Paula heuchelt Interesse. Wirklich interessiert wäre sie
daran, daß Paul endlich was tut. Aber der Mann scheint
zwei linke Hände zu haben.*
*Sie macht einen Schritt in Richtung Tür, um zu sehen,
was Paul dann tun wird.*
Paul *erklärt sofort loyal* Sie können die Kinder natürlich
nicht noch länger allein lassen.
Paula seufzt und schlägt die Augen zur Decke.
Um ihm noch eine Chance zu geben, sagt
Paula Bitte?

Paul *wiederholt blöd genug* Ich meine: die Kinder. Sie werden wach, und keiner ist da.

Paula gibt es auf, sie geht.

Um so konsternierter ist sie, als Paul sie im letzten Moment abfängt, sie an sich preßt, daß ihr fast die Luft wegbleibt, und sie küßt, und zwar vor allem auf die Augen, die Nase und wo er sonst gerade hintrifft.

Nur den Mund umgeht er, weil er feinerweise erst wissen will, wie sie reagiert.

Paula *fragt* Was ist denn? Was ist denn?!

Sie muß fast lachen, aber dann sieht sie Pauls verzweifelt ernstes Gesicht, verschafft sich etwas Luft mit den Armen, hält ihm aber zugleich ihren Mund hin und macht die Augen zu, damit er nicht glaubt, sie ziert sich. Von dem Moment an ist für Paul kein Halten mehr.

Er zieht sie Schrittchen für Schrittchen, Schuh neben Schuh in Richtung seiner Campingliege. Übrigens richtet er es so ein, daß er im Vorbeigehen das Licht ausknipsen kann.

Paula *fragt* Wozu denn?

Darauf antwortet Paul nicht. Er bettet Paula auf die Liege.

Paula *flüstert skeptisch* Geht denn das?

Sie traut diesem Gestell nicht.

Paul *flüstert optimistisch zurück* Geht alles.

Er schiebt sie sacht zur Seite, um Platz für sich zu haben. In derselben Sekunde klappt das Oberteil der Liege zusammen. Paula fährt hoch, aber Paul hebt sie mitsamt der Liege an und stellt die Liegenbeine wieder auf. Dann will er wieder neben Paula, und diesmal liegt er fast, als das Fußteil abklappt.

Paula lacht laut los. Paul richtet das Fußteil wieder auf, er muß selbst grinsen.

Dann gelingt es ihm mit Paulas Hilfe, sich neben sie zu legen. Beide erstarren, als es geschafft ist, weil sie denken, jeden Moment gibt es wieder einen Bruch. Aber diesmal bleibt alles stabil, und sie fangen wieder da an, wo sie unterbrochen worden sind, und als dieses Möbel zuletzt oben und unten zusammenfällt, sind sie bereits an dem Punkt, wo sie es nicht mehr merken oder jedenfalls nicht mehr zu unterbrechen sind.

Später liegen beide nebeneinander so gut es eben geht. Beide haben die Augen zu, schlafen aber keineswegs. Paula streichelt leise Pauls Unterarm – plötzlich bohrt sie ihre Nägel in seine Haut, daß es ihm wehtun muß. Paul verzieht keine Miene.

Als nächstes drückt Paula ihr Gesicht auf die Stelle, die sie eben noch malträtiert hat.

Paula Ich bin völlig verrückt. Was ist das?

Paul Das ist normal.

Paula Kennst du das?

Paul bestätigt es.

Paula Was ist das? Kann das lange dauern?

Paul Kaum.

Er hat so seine Erfahrungen.

Paula Und woran merkt man, wann Schluß ist?

Paul Das merkt man dann schon.

Paula *grübelt* Wolln wir folgendes machen? – Wir lassen es dauern, solange es dauert. Wir machen nichts dagegen und nichts dafür. Und wir fragen uns nicht nach allerhand Zeugs. Bloß die Namen. Ich bin Paula.
Sie hält ihm die Hand hin.

Paul Paul.

Er ist sehr einverstanden mit Paula. Er findet sie gera-
dezu ideal im Moment. Er behält gleich ihre Hand und
fängt an, sie wieder an sich zu ziehen.

Es ist fast hell, als Paul den Kopf aus der Garage steckt.
Die Vögel zwitschern.
Zunächst sieht er nichts, ist völlig geblendet, dann zieht
er sich zurück.
Paul *sagt zu Paula in der Garage* Da sind welche.
Paula Ist egal! Meine Kinder schrein . . .
Und Paul gibt nach, er hat es nicht weniger eilig.
Paula verzieht weinerlich das Gesicht beim ersten Schritt
aus der Garage.
Paul begreift nichts.

Paula Meine ganze rechte Seite ist wie nicht da, wie tot.
Die pennt noch.

Paul ist ratlos, aber Paula lächelt schon wieder.

Paula *sagt* Ich lauf schon. Also denn . . .

Denn Paul fummelt am Garagenschloß.

Paul *sagt bloß* Ja.

*Dann sieht er ihr nach, wie sie losstöckelt, etwas lahmend
rechts. Er muß die Augen zumachen, so gut gefällt sie
ihm, und soviel Sorgen hat er aber auch im gleichen Moment.*

*Paula ist noch nah genug, um das zu sehen. Sie bleibt halb
stehen. Was hat der Mann?*

*Wenig später kommt Paula mit ihren Kindern aus dem
Haus – am Rinnstein wartet Herr Saft mit seinem Auto,
die Tür schon offen zum Einsteigen.*

*In dem Moment sieht sie Paul drüben aus dem Haus
kommen. Auch Paul sieht sie, gibt aber kein Zeichen. Der
Dienstwagen mit den Kollegen wartet auf ihn. Leider
packt ihn kurz vor dem Einsteigen ein männermordender
Gähnkrampf. Paula beißt sich amüsiert auf die Lippen.
Reifen-Saft wartet, daß sie einsteigt.*

Paula Danke! – Aber bei dem Wetter?

*Dabei ist es trüb, wenn nicht sogar naß. Reifen-Saft ver-
steht kein Wort.*

*Paula nimmt die beiden Kinder auf je einen Arm, als wär
das nichts, und rennt mit ihnen los in Richtung Straßen-
bahn, hüpft fast dabei.*

*Alles, was auf der Straße ist, dreht sich nach ihr um. Ko-
mischer Anblick die Frau, aber nicht unangenehm, ganz
im Gegenteil. Eine Kraft muß die haben!*

43

Reifen-Saft *ruft ihr nach* Aber bei heute abend bleibt's doch?

Pauls *Kollegen fragen ihn* Ist'n das für eine?

Paul weiß es angeblich nicht. Er kämpft noch immer mit dem Gähnen . . .

Paula erscheint in der Flaschenrücknahme.

Die übliche mürrische Schlange von Flaschenrückgebern ist schon da. Zumindest böse Blicke, als Paula kommt. Paula merkt nichts davon. Ihre Verklärung hat nur noch zugenommen.

Mittlerweile ist ihr Gang schon kein Gehen mehr, sondern schon eine Art Tanz . . .

Den Bauarbeitern geht es so, daß ihnen die üblichen Anpflaumereien nicht recht von den Lippen wollen.

Im Raum zieht sich Paula aus, jedenfalls Kleid oder Rock und Bluse, vergißt nur leider, die Arbeitsschürze anzuziehen . . .

Dann zwei Griffe und die Kistenstapel stehen da, wo sie stehen sollen. Die zwei Flaschen, die wie immer fallen, fängt sie traumhaft sicher auf.

Ballern am Schalter.

Paula macht sofort auf. Der Mann draußen starrt sie an.

Paula Ist was?

Der Mann Iwo.

Er ist geistesgegenwärtig.

Paula Guten Morgen allerseits!

Der Chor der grinsenden Bauarbeiter Guten Morgen!

Paula greift nach den Flaschen, erst dann begreift sie das Grinsen.

Paula frühstückt im Freien.

Das heißt: Sie hat Brötchen und Milchflasche in der Hand, ist aber völlig abwesend. Plötzlich spricht sie mit sich selbst.

Paula Geht alles! Und: Peng!

Dann muß sie ungeheuer kichern. Alles das in völliger geistiger Abwesenheit.

In Hörweite von ihr die Älteste der Verkäuferinnen. Sie hat sichtlich ein Anliegen an Paula.

Sie kommt näher, ruft Paula vorsichtig an.

Die Verkäuferin Paula!

Paula Ja?!

Sie wacht auf und fängt sofort an zu essen und zu trinken.

Die Verkäuferin Ist dir was?

Paula Wieso? Nein!

Die Verkäuferin Ist dir nicht gut?

Paula Doch! Was ist denn?

Die Verkäuferin Du hast 'n Schwips! Sei ehrlich!

Paula Quatsch! Wovon denn?!

Die Verkäuferin Paula! Sieh mich mal an – kriegst du wieder 'n Kind?

Paula Was? Von wem denn? Weißt du, was mir vorhin passiert ist?

Dabei klopft sie unauffällig gegen die Kiste, auf der sie sitzt.

Die Verkäuferin Vergiß es nicht. Drin ist die Hölle los. Als wenn sie schon für Weihnachten einkaufen.

Sie will wieder weg.

Paula Was war denn?

Die Verkäuferin Nichts, du gehst ja doch nicht an die Kasse? – Wir schaffen's einfach nicht.

Paula Auf eure Verantwortung.

Sie steht sofort auf, läßt alles stehn und liegen und geht voraus in die Kaufhalle.

Es herrscht Massenstauung vor den Kassen. Streit in einer Schlange, jemand hat sich vorgedrängelt und will es nicht zugeben. Nervöse Kassiererinnen, die bei dem Krach nicht arbeiten können . . .

Paula *tritt ein, brüllt* Ruhe!

Paula *zu den streitenden Parteien* Jugendkasse! Alles unter dreißig zu mir!

Das Knäuel löst sich fast sofort auf. Paula klemmt sich hinter eine Kasse und fängt an, rasant zu tippen. Die anderen Verkäuferinnen halten sich vor Schreck die Augen zu. Das kann nicht gut gehen . . .!

Und dann fängt Paula auch noch an zu singen.

Paula In Berlin, im schönen Friedrichshaine . . .

Beim Refrain verlangt sie:
Und alle! –
Und die Leute in der Halle singen begeistert den Refrain mit. Sie wissen selbst nicht warum, aber sie tun es und amüsieren sich köstlich dabei. – Jedenfalls sagt die Legende so.
Paula ist wieder zu Hause. Ihr erster Weg ist zum Fenster. Vielleicht ist Paul zu sehen. Sie hat Glück. Paul kommt eben aus seinem Haus.
Paula winkt mit dem Kopf: Er soll kommen.
Aber Paul weigert sich. Im Fenster steht seine Frau.
Paul geht die Straße abwärts in Richtung Garage.
Paul murkst unentschlossen an dem Auto – er zwingt sich dazu. Paula schiebt sich durch die Tür.
Paul werkt heftiger.
Paula steht dabei, dann setzt sie sich verzweifelt auf die Campingliege.
Paul macht noch ein paar Handgriffe, aber dann hält er es nicht mehr aus. Er setzt sich neben Paula. Paula lehnt sich an ihn. Augenblicklich laufen ihr die Tränen übers Gesicht.
Paul seufzt.

Paula Nicht. Mach dir keine Gedanken. Wenn ich heule, ist immer alles in Ordnung. Ich dachte bloß, es ist schon aus. Blöd. Deine Frau ist natürlich sehr schön. So schön werd ich nie. Ich frag mich bloß, warum du dann so warst, als wenn du ewig und drei Jahre keine Frau mehr – – – entschuldige, ich frag nichts mehr!
Weil Paul sich plötzlich steif gemacht hat.
Paul Meine Frau und ich, das . . .
Paula hält sich die Ohren zu. Aber Paul hält trotzdem eine lange eifrige Rede, sich und die Sache mit seiner Frau

betreffend. Es wirkt leicht lächerlich, wie er da ohne Ton
mimt und gestikuliert.
Als er gar nicht wieder aufhört zu reden, macht Paula un-
auffällig ein Ohr frei.

Paul . . . läßt sie sich sofort scheiden. Sie lauert nur auf einen Grund, und ich . . . kann mir keine Scheidungsge-
schichte leisten in meiner Funktion. Es gibt da keine
Dienstvorschrift, aber es ist so. Sie sagen mir glatt: erzieh
sie! Verstehst du?

Paula versteht alles, ist mit allem einverstanden.
Paul preßt sie unvermutet an sich.

Paula *ächzt begeistert* Laß mir ganz.

Paul Mich!

Paula Mich auch!

Paul läßt sie los.

Paula *enttäuscht* Was ist?

Paul Ich denke, tut weh!

Paula Ach, Paul! Was denkst du, was ich aushalte und
was ich nachzuholen habe!

Der Satz begeistert Paul. Er zieht Paula hoch und aus der
Garage. Paula folgt bereitwillig. Sie denkt, es geht doch
noch zu ihr nach Hause.

Paula *vor der Garage* Wir brauchen ja nicht durch den
Vordereingang zu mir!

Paul geht zwar mit, aber Paula begreift doch bald, daß er
ein ganz anderes Ziel hat: ein Konzert unter freiem Him-
mel.

Paula *protestiert* Gute Musik. In den Klamotten! Ich
schlaf glatt ein. Unfehlbar. Tanzen, das wär noch was!

Aber Paul läßt nicht locker, und Paula ergibt sich in ihr
Schicksal.

Das Orchester kommt. Beifall.

Paula Na los, Jungs! Wir sind auf alles gefaßt!

Sie sieht, wie Paul und viele andere dem Dirigenten applaudieren, als wäre er ein persönlicher Freund von ihnen.

Gespielt wird ein Klassiker, und es dauert nicht lange, da werden, ohne daß sie es weiß, Paulas Augen groß. Die Musik, Paul neben ihr, der Himmel über ihr, die Leute – all das verfehlt seine Wirkung nicht auf sie. Sie legt ihre Hand auf Pauls Knie, der still sitzt wie aus Gips.

Und dann passiert folgendes: Der erste Satz ist zuende. Der Dirigent wischt sich die Stirn. Wer husten muß, hustet, und Paula sieht sich um und begreift nicht, warum keiner klatscht. Ihr jedenfalls hat es gefallen, und sie wäre nicht Paula, wenn sie da nicht auch klatschen würde
. . .

Sofort dreht sich alles nach ihr um, aber keiner bringt es fertig, Paula in diesem Moment böse zu sein . . .

Paul *zischt nur* Doch nicht in der Satzpause!

Aber die Masse des Publikums klatscht schon. Und das Orchester muß völlig gegen jede Tradition danken.

Auf dem Heimweg ist Paula noch ganz und gar bei dem Konzert. Das Thema läßt sie nicht los.

Dann sind sie in ihrer Wohngegend.

Der Abschied liegt an. Paul fängt an rumzudrucksen. Der Konflikt zwischen Pflicht und Neigung macht ihm arg zu schaffen.

Paula will es nicht wahrhaben. Sie küßt ihn leidenschaftlich. Paul kann sich nicht wehren. Er reißt sich erst los, als er es nicht mehr dürfte . . .

Paula *sagt verzweifelt* Schon gut, Ausgang zuende . . .

Paul Paula, sieh mal. Es geht doch um den Jungen, Herr-gottnochmal! Ich kann ihn nicht allein lassen. Bei diesen Leuten.

Aber Paula hält sich schon die Ohren zu.

Paul Außerdem mag ich ihn . . .

Das hört Paula nicht mehr, weiß es aber inzwischen so-wieso. Jetzt könnte Paul eigentlich gehen, wenn Paula sich auch die Augen zuhalten würde. Solange sie ihn an-sieht, kann er nicht weg.

Paula Bis morgen.

Paul Morgen geht nicht.

Paula Doch. Komm.

Paul Morgen nicht.

Paula Du kommst!

Das ist kein Befehl. Sie ist sich nur völlig sicher. Sie kennt ihre Wirkung auf ihn. Sie lächelt. Paul weigert sich noch immer.

Paul Ich kann nur abends zwischen . . . wenn der Junge schläft, um zehn, halb elf und morgen gar nicht.

Paula Du kommst. Und wie du kommst, Paul.

Dann macht sie die Augen zu und Paul kann gehen.

Ohne daß er genau weiß wie, steht Paul am nächsten Tag in Paulas Tür. Er ist in der Uniform der Kampfgruppen. Aber Paula tut das einzig Richtige. Sie macht weiter kein Aufhebens davon. Sie war sich sowieso völlig sicher, daß Paul kommt.

Jetzt geht sie ihm einfach voraus. Sie ist fantastisch schön, mit Blumen im Haar und improvisiertem Kleid eigener Produktion. Und dazu Paul mit klobigen Stiefeln, der ihr folgt.

Paula hat das Zimmer mit Blumengirlanden dekoriert, vor allem das Bett. Und im Bett steht auch, was sie zum Essen und Trinken vorbereitet hat.

Als erstes nimmt sie Pauls Mütze und gibt ihm dafür Blumen.

Dann läßt sie sich auf ihrem Bett nieder und schenkt Wein ein. Es kleckert, aber das macht ihr nichts.

Sie hält Paul sein Glas hin, randvoll.

Paul trappt zu ihr. Die Stiefel gehen ihm plötzlich auf die Nerven. Er zieht sie aus.

Sie trinken.

Paul gehen die Augen über wegen der guten Sachen, die Paula aufgefahren hat. Am richtigen Zugreifen hindern ihn eigentlich nur seine schwere Jacke und diese Riemen. Paula geht mit gutem Beispiel voran. Sie reißt ein Stück von ihrem Fantasie-Kleid ab, das nur geheftet ist. Paul entledigt sich seiner Jacke und der Riemen, nebst Feldflasche, Gasmaske, Kartentasche.

Paula sieht: Das erinnert ihn wieder an seine Situation. Sie sorgt schnell für Musik, und zwar ganz in Pauls Geschmack: Klassik.

Paula weist ihn ins Bett ein, setzt sich ihm gegenüber. Sie fangen an zu schlemmen.

Paula Wer nie sein Brot im Bette aß, weiß nicht wie Krümel pieken, sagte mein Großvater immer.

Paul Der da?

Er meint das Porträt eines stämmigen Alten in einem ovalen Rahmen, das da in Paulas Zimmer hängt. Der Mann trägt Schifferuniform.

Paul Seebär, oder?

Paula Seebär! – Wir sind Flußschiffer! Ich bin auf der Paula geboren. Sechshundert Tonnen – oder jedenfalls

beinahe. Aber sechshundert Tonnen stimmt. Alle Weiber und alle Kähne hießen bei uns Paula . . .

Paul Also Flußbär. Und jetzt?!

Paula Nichts. Keine Männer mehr in der Familie. Paul?
Laß uns einen Kahn kaufen! Es gibt noch welche . . .
Sie träumt schon davon.

Paul Wo is'n das alles her?
Er meint das viele gute Essen.

Paula Ich bin doch an der Quelle. – Heiß, oder?
Ein weiteres Stück Kleid muß daran glauben.
Paul opfert sein Hemd.
Paula besieht ihn. Sie findet ihn großartig.

Paula *fragt* Weißt du, warum ich dich so lieber sehe als im
Hemd? – Weil du so schön griffig bist.

Sie greift in seine stark ausgebildeten Salznäpfchen, rüttelt daran.

Paul läßt es geschehen, es ist ihm nicht unangenehm, er dehnt seine Schultern etwas.

Paula *verlangt plötzlich* Augen zu! Augen zu! Warte. Nicht bewegen!

Weil sie die Idee hat, in Pauls Salznäpfchen den Salzstreuer und den Pfefferstreuer zu entleeren.

Paul *bittet nur* Wenn's geht: kein Mostrich.

Paula ist sehr zufrieden mit ihrem Werk.

Paul Ich bin dir wohl nicht scharf genug?

Paula Das hast du gesagt!

Paul sieht sie an und fängt an, sich aus den Kampfanzughosen zu schieben.

Paula nimmt, was von ihrem Liebesmahl noch da ist (und das ist nicht wenig) in ein Tuch oder Laken, dreht es oben zusammen und befördert es aus dem Bett und aus dem Weg, ohne Paul aus den Augen zu lassen, der sie seinerseits nicht aus den Augen läßt, während er mit seiner Hose kämpft. Plötzlich wird Paul starr.

Er sieht in Richtung Fenster.

Da stehen ein Flötist, ein Orgler und ein Schlagzeuger und spielen Mendelssohn auf eine Art, die sich sehr nach Paula anhört. Paul traut seinen Augen nicht. Das sind seine drei engsten Kollegen, die sich jetzt eigentlich im Gelände tummeln müßten.

Paula Ist was?

Paul Sind wir allein, Paula?

Paula Völlig, die Kinder schlafen.

Paul Und . . . die Musiker?

Paula Welche Mu . . .?

Sie sieht Pauls starren Blick.

Paula *sagt sanft* Ach die! Die sehen doch nichts.

*Paul sieht hin. Die Musiker haben schwarze Binden vor
den Augen.*

Paul Was war das für Zeug? Der Schnaps?

Paula Kennst du nicht. Was ist denn?

Paul rührt sich nicht.

Paula Birnenschnaps.

Paul bleibt am Fleck.

Paula Das ist nicht der Schnaps. Zum Beispiel wirst du
jetzt gleich hier sein . . .

Sie meint: dicht bei ihr.

*Sie reißt sich aus dem letzten Rest von ihrem Kleid, und
Paul kann nicht anders, er kommt zu ihr, wie von einem
Magneten gezogen. Im letzten Moment dreht ihm Paula
aus purem Spaß den Rücken zu und Paul küßt sie statt
auf den Mund in die Haare, aber das ist ihm auch recht,
die ganze Frau ist ihm recht und alles andere ist ihm egal,
selbst die Musiker mit ihren schwarzen Binden, die nun
mächtig in die Vollen gehen und vom armen Mendelssohn nicht mehr viel übrig lassen. Außerdem gibt es ein
einfaches Mittel gegen die Musiker, die Augen zumachen, und weg sind sie.*

*Als Paul die Augen wieder aufmacht, steht Paulas Bett
auf dem Deck eines fahrenden Spreekahns.*

*Der Kahn heißt »Paula«. Das steht nicht nur am Bug,
sondern auch auf dem großen Segel, das den Kahn treibt.*

Paul *flüstert* Paula! Wir fahren!

Paula Hab ich mir schon immer gewünscht – mit dem
Bett unterwegs.

Dann zieht sie Paul aus dem Bett.

Die »Paula« legt an – inmitten anderer Kähne, die längst

abgewrackt sind, zum Teil auf Grund liegen. Auf den Kähnen steht Paulas gesamte Sippe, alle Generationen, bis ins erste Glied.

Paula *stellt vor* Das ist Paul! Und einen Sohn hab ich auch!

Man verneigt sich voreinander.

Übrigens sind da auch Kolleginnen von Paula aus der Kaufhalle, desgleichen Pauls Kollegen, auch der Hohlkopf. Es folgt ein üppiges Gastmahl im Bauch der »Paula« an einer ewig langen Tafel – üppig jedenfalls, was Geschirr, Besteck und so weiter anlangt. Ansonsten gibt es nur Äpfel, die aber von allen tranchiert und verspeist werden wie der beste Braten. Und zu trinken gibt es auch nur Apfelsaft. Trotzdem läßt die Stimmung nichts

zu wünschen übrig. Plötzlich ist Paula auf der Tafel. Die
Gäste versuchen, jeder ein Stück von dem langen Braut-
schleier zu ergattern, den Paula trägt. Er ist das einzige,
was sie auf dem Leibe hat. Paula flüchtet über die lange
Tafel und rettet sich auf das Mittelschott, zu ihren Groß-
müttern, Urgroßmüttern und Ururgroßmüttern, die da
stehen und gütig lächelnd Babysachen stricken.
Sie winkt Paul. Er soll zu ihr kommen. Paul weigert sich.
Darauf greift ihn die Sippe und schleppt ihn zu ihr und
legt ihn ihr zu Füßen.

Der Hohlkopf *erklärt* Das ist Porno!
Der Kumpel *rät ihm* Sieh doch weg.

Wieder in ihrem Zimmer.
Das Bett steht auf festem Boden und sie liegen dicht zu-
sammen.

Paul *verlangt entsetzt* Paula! Wir müssen umkehren!

Paula Weißt du, daß ich zum ersten Mal überhaupt nicht
mehr umkehren möchte!

Paula *fängt vor Glück an zu plappern* Rot ist die Farbe
der Liebe, gabs mal 'n Schlager, kennst du den? Ich sehe
was, was du nicht siehst, und das ist rot!

Paul Die Gardine!

Paula Falsch. Deine Haare!

Nun ist Paul dunkel. Er zieht sich eine Strähne vor die
Augen.

Paula Wer meint denn die! – Hab ich auch noch nicht gewußt, daß einer zwei Sorten Haare hat. Kannst du mir
mal erklären, was 'ne Ungleichung ist? Neulich fragt
mich doch die Große. Denkst du, ich wußte das? Nie ge-
habt. Eins gleich zwei?

Paul Unsinn. Eins ist kleiner als zwei. Das ist 'ne Ungleichung.

Paula Das weiß doch jeder.

Paul Ich bin größer als du.

Paula Das sehn doch alle.

Paul Du bist anders als ich.

Paula *sofort* Bloß gut! Was sollten wir sonst zusammen
anfangen?!

Paul Sei doch mal ernst. Ungleichungen sind . . .

Paula Bin ich ja. Bin sehr ernst. Paul ist anders als Paula,
besonders an bestimmten . . .

Paul hält ihr den Mund zu.

Paula nimmt seine Hand, legt sie sich auf den Hals. Sie ist

unvermittelt ernst, todernst. Die Tränen kommen ihr.
Paul wird sofort nervös.

Paula Komm her, Paul! Schnell, komm. Ich bin so allein.
Völlig allein. Laß mich doch nicht so allein.
Paul wird blaß, sofort ist er bei ihr, nimmt sie in die
Arme.

Paula Mehr.
Paul preßt sie an sich.

Paula. Mehr.
Paul tut, was er kann.

Paula Nicht weggehen!
Die Musiker auf Paulas Sofa geraten in Ekstase und dies-
mal sogar mit Gesang

Geh zu ihr
Und laß deinen Drachen steigen
Halt sie fest
Denn du lebst nicht nur vom Muß allein
Augen zu
Dann siehst du nur diese eine
Geh zu ihr
Und laß deinen Drachen steigen.
He, he, he, deinen Drachen . . .
He, he, he, geh zu ihr!

Sie singen auch noch, als Paul und Paula wieder auf dem
Kahn sind, aber jetzt im Bett. Sie sind matt und schlafen.
Paulas Sippe, die kräftigsten Männer aus ihr, schleppen
eine schwere Ankerkette zum Bett und umwickeln damit
Bett und Paul und Paula.
Paula wird wach, protestiert aber nicht, sondern verlangt
nur, daß sie Paul nicht wecken. Und dann fängt die Sippe

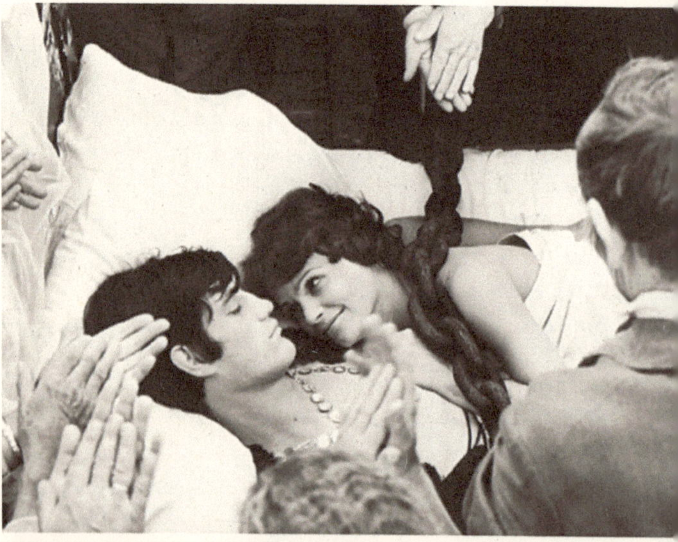

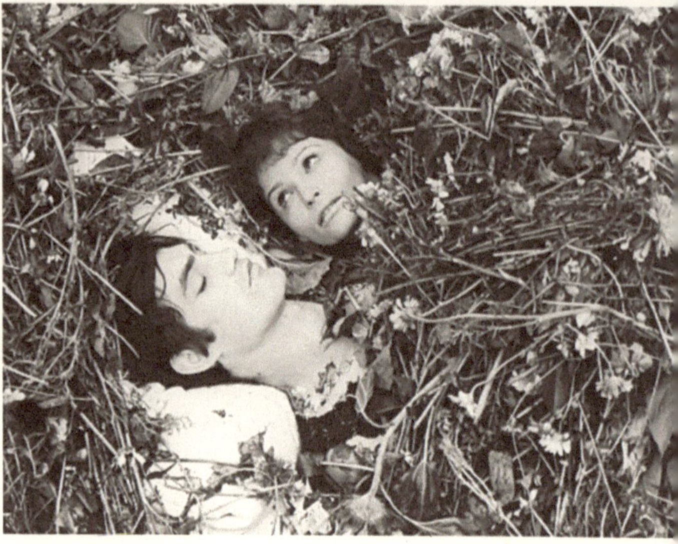

*an, das Bett mit Blumen zu bewerfen, bis von Paula nur
noch das Gesicht zu sehen ist.*

*In dem Moment ist es dem Hohlkopf gelungen, sich mit
einer Fackel hinter das Bett zu schleichen. Er hält die Fak-
kel ans Laken – und das Bett lodert auf.*

Das Bett steht im prallen Sonnenlicht in Paulas Zimmer.

Paul *wird wach und sagt* Eine Hitze!

Er befreit sich von der Bettdecke.

Paula Warte. Ich mach die Jalousien runter.

*In der Sekunde geht die Tür auf und Paulas Kinder sind
im Zimmer. Paula lächelt ihnen zu.*

*Aber Paul zieht sich die Decke bis ans Kinn. Eigentlich
möchte er ganz verschwinden.*

Paula *sagt, aber ohne rechte Überzeugung* Was wollt ihr
denn hier? Marsch raus! . . . Das ist Herr Paul. Er hatte
seinen Hausschlüssel vergessen und da hat er die Nacht
bei uns geschlafen.

Paul *erklärt verlegen* Ja . . . das war sehr nett von Ihnen.
Dann werd ich man jetzt gehen.

Das Mädchen Das ist Michael sein Vater, von gegenüber,
der immer solche Ausdrücke sagt.

Sie gehen.

*Paula muß sich das Lachen verbeißen, aber Paul ist bit-
terernst.*

*Seine ganze Situation kommt ihm zu Bewußtsein, daß es
heller Morgen ist, und er in einem fremden Bett liegt und
gegenüber die Frau und neben dem Bett seine Uniform
und die Stiefel und all das . . .*

Er steht kurz vor einer Panik.

Paula geht zum Fenster, während er sich anzieht.

Als er fertig ist, sagt

Paula Luft ist rein. Kannst rüber. – Was machst du eigentlich beruflich?

Paul Persönlicher Referent.

Paula Morgen?

Paul Ich weiß nicht.

Er ist an sich schon nicht mehr bei ihr, hat schwere Sorgen.

Paula Ist gut. Wann du willst. Ich bin da.

Sie steckt zurück. Nur keine Entscheidungssituation herbeiführen! Dann sieht sie Paul über die Straße gehen, aufrecht, aber innerlich robbt er (wenn sowas erspielbar ist).

Paul bei der Arbeit. Er hat Dienst bei einem repräsentativen Empfang seiner Dienststelle.

Man ist schon beim gemütlichen Teil. Es wird getanzt.

Auch seine Frau ist hier – und sie ist ganz in ihrem Element: Sie kann schön sein und tanzen.

Etwas Neues für Paul: Seine Frau kann gut tanzen.

Auch andere tanzen, aber sie ist die Königin.

Und dann taucht Paula in der Tür auf, mit Perücke und großer Sonnenbrille, sagt die Legende.

Ein Mädchen hält ihr ein Tablett mit Aperitifs hin.

Paula denkt: gute Chance, in den Saal zu kommen. Sie nimmt das Tablett und will sich als Serviererin betätigen.

Paul wird aufmerksam. Er kommt. Er erklärt Paula auf englisch, daß sie nur ein Glas . . . und so weiter.

Paula *sagt immer nur Yes, yes . . .*

Paul sieht zweimal hin und erkennt sie nicht, obwohl ihn irgendetwas beunruhigt.

Er wendet sich wieder seiner tanzenden Frau zu.

Paula begreift fast sofort, das heißt instinktiv, was hier vorgeht. Sie nimmt ihre Brille ab.

Vielleicht liegt es daran, daß Paul sie plötzlich erkennt, vielleicht kommt ihm das Kleid bekannt vor.

Paul *wird blaß* Bist du wahnsinnig!

Paula *sofort* Wenn du nicht kommst . . . *Nicht schnippisch, ganz ruhig, sachlich.*

Paul Na, ja, du siehst ja. Alle Hände voll zu tun. Was denkst du, was wir gerackert haben, um den Vertrag unter Dach und Fach zu kriegen. Wir brauchen die Devisen. Und dann mach ich einen Suaheli-Lehrgang zur Zeit, Intensiv-Lehrgang. Einer von uns muß in drei Monaten die Sprache können. Macht sich notwendig.

Paula Tanzt du mit mir?

Paul Hab doch Dienst hier . . .

Paula Gehst du mit mir auf den Dachgarten?

Paul Ja . . . dann, geh schon vor.

Paula geht schnurstracks durch den Saal zum Dachgar-
ten. Paul folgt ihr auf Umwegen.

Auf dem Dachgarten sagt er, um etwas zu sagen

Paul Ist doch ganz nett hier, was?

Paula Es ist vorbei, ja?

Paul Iwo. Das geht noch eine Weile.

Er gibt vor, es geht um das Bankett.

Paula sieht ihn an – und Paul sieht zur Seite.

Paula wird weiß. Sie muß einen Halt suchen, möglichst
so, daß Paul es nicht sieht.

Als sie wieder bei Kräften ist, sagt

Paula Ja, ich bin wahrscheinlich zu . . . ich weiß nicht.

Paul Ja, du bist zu . . . Was du willst, geht nicht.

Paula Was will ich denn schon.

Paul Alles oder nichts willst du.

Paula Na und?

Paul Ja, aber es gibt Verpflichtungen, denen muß man
nachkommen. Keiner kann immer nur das machen, was
er will, vorläufig ist das so.

Paula Und einfach . . . glücklich sein?!

Paul Bloß nicht auf Kosten anderer.

Paula Und wenn doch?!

Aber sie nimmt das gleich wieder zurück. Das ist nur ihre
Verzweiflung.

Paula Nein, entschuldige. Sehn wir uns noch?!

Paul Natürlich. Wir können doch Freunde bleiben . . .

Darauf schlägt ihn Paula ins Gesicht. Gleich danach küßt
sie ihn und läuft weg.

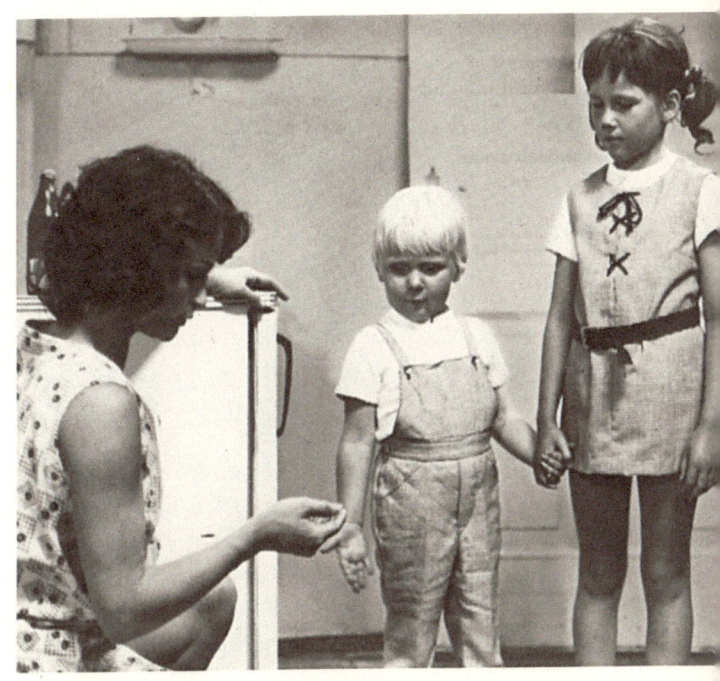

Paula ist an einem Tiefpunkt.
Sie rackert in ihrer Wohnung, weniger, weil es nötig ist,
als weil sie sich betäuben muß.
Leider gehen ihr die Kinder nicht von der Schürze.
Sie wollen in den Tierpark.
Sie lassen nicht locker.

Paula *schreit sie an* Könnt ihr mich nicht in Ruhe lassen.
Ihr seht doch: Ich hab keine Zeit. Vielleicht bin ich auch
krank. Vielleicht sehr krank: Aber ihr denkt immer nur
an euch. Immer nur ihr. Immer nur ihr.
Im selben Moment tut es ihr leid. Sie drückt den Kindern
Geld fürs Kino in die Hand und läßt sie gehen.

Die Vorstellung ist vorbei. Paulas Kinder stürzen im Schwarm der anderen auf die Straße. Wahrscheinlich hat es einen Indianerfilm gegeben. Paulas Dreijähriger hat vielleicht einen Mustang unter sich, den er zureiten muß. Er galoppiert in voller Karriere auf den Fahrdamm. Seine große Schwester kann ihn nicht aufhalten.

Paula wirtschaftet noch immer in der Wohnung.
Als auf der Straße Autobremsen kreischen, rennt sie zum Fenster. (Was sie auf der Straße sieht, kann nicht gezeigt werden. Es kann nur von der Haltung ihres Körpers abgelesen werden. Am wahrscheinlichsten ist, daß sie in eine Art Krampf fällt . . .)
Auf der Straße ist die Volkspolizei mit ihren Wagen eingetroffen. Die Männer schicken vor allem die zusammengelaufenen Kinder nach Hause, sofern deren Eltern nicht ohnehin da sind oder kommen und sie mitnehmen. Einer ist bei dem Taxifahrer, der am Unfall beteiligt ist. Der Mann lehnt an seinem Wagen, den Kopf auf dem Wagendach. Er ist noch immer zu nichts fähig.
Die Bremsspuren sind bereits vermessen, die Umrisse des überfahrenen Kindes mit Kreide auf die Fahrbahn gemalt.
Viele wissen, wo Paula wohnt, wo ihr Küchenfenster ist. Sie sehen immer wieder scheu dahin. Unter ihnen auch Pauls Frau und sein Junge.

Die Flaschenrücknahme ist zunächst leer.
Dann kommt eine Horde aufgekratzter Bauarbeiter mit leeren Flaschen. Woran ihnen aber viel mehr liegt, ist ein Flirt mit Paula. Sie lümmeln sich an dem Schalter.
Die Bauarbeiter Hallo! Wirtschaft!

Die Zeit läuft!

Unsereins muß Werte schaffen!

Paulamäuschen! Was ist Sache mit uns!

Dann kommt Paula, und sofort ist Stille.

Sie haben ihr Gesicht gesehen und fangen wortlos an, ihre Flaschen aufzustellen.

Paulas Kolleginnen sind um die Tageszeit ziemlich arbeitslos. Allen liegt es schwer auf der Seele.

Dann kommt die Älteste von ihnen aus den Diensträumen.

Die Verkäuferin *berichtet den anderen* Sie arbeitet . . . sagt nichts.

Sie fragen Weint sie?

Die Verkäuferin Ich glaube, sie denkt, *sie* ist schuld, daß . . .

Sie sagen das ist doch Unsinn!

Was kann sie denn dafür!

Hast du das nicht gesagt?

Die Älteste Ich hab alles gesagt. Was würdest du denn machen, wenn dein . . . wenn du . . .?!

Die Jüngste Ich würde sterben. – Wenn das überhaupt noch 'n Sinn hätte!

Die Verkäuferin Was für 'n Sinn denn?

Paul steht vor Paulas Wohnungstür.

Er hat Hemmungen beim Klingeln. Offensichtlich weiß er alles.

Paulas Tür geht auf – zwanzig Zentimeter.

Im Spalt ist die Sperrkette zu sehen, von Paula selbst kaum etwas.

Paul wartet, daß Paula die Kette abnimmt. Sie tut es nicht.

Paula *sagt* Komm nicht mehr, Paul. Mach's gut.

Die Tür will zugehen. Paul legt die Hand dagegen.

Paul Ich seh dich nicht.

Er drückt das Treppenlicht an und sieht Paulas neues Gesicht. Es ist ruhig und vor allem unerhört gleichgültig. Nichts mehr von der alten Lebendigkeit, der Wärme, Kraft, Naivität. Und es ist stark geschminkt!

Paul starrt sie an.

Paula Du hast recht, Paul. Was ich will, geht nicht. Es mußte alles so kommen.

Paul starrt sie immer noch an, aber die Tür hält er offen dabei.

Paul Paula! Bist du denn . . .?! Halt doch mal die Dinge auseinander!

Leider geht in dem Moment das Treppenlicht wieder aus, und Paula macht die Tür zu, als Paul nach dem Knopf greift.

Paul Paula! Mach auf! Das ist doch Aberglaube!

Er wummert gegen die Tür.

Einer der Rentner aus Paulas Haus ist auf der Treppe, und Paul zieht sich sofort zurück.

Paul steht mit vollem Korb in Paulas Kaufhalle in der Schlange vor einer Kasse.

An der Kasse – Paula.

Sie arbeitet konzentriert, immer ein wenig beobachtet von der ältesten ihrer Kolleginnen an der Nachbarkasse, die ihr gelegentlich auch einen Preis ansagt, wenn er auf der Ware fehlt.

Paul kommt immer näher, endlich stellt er seinen Korb vor Paula hin. Paula fängt an zu tippen und zu sortieren, ohne aufzusehen.

Paul Laß uns reden, Paula. Was du dir da zurechtmachst, ist völliger Unsinn!

Paula verlangt stumm Geld. Paul bezahlt.

Paul Sag was!

Zu mehr kommt er nicht, die nächste Kundin drängelt schon. Paulas ältere Kollegin, die etwas zu ahnen scheint, bietet der Frau an:

Die Verkäuferin Kommen Sie doch zu mir. Ich bin arbeitslos.

Aber Paula tippt schon . . .

Doch Paul gibt noch nicht auf.

Paul *sagt zu Paula* Ich hab Pfeffer und Salz vergessen! Wo find ich das?

Er hofft, Paula wird vielleicht lächeln.

Paula reagiert nicht.

Paul Ich hab vernünftig gefragt, wo ich Pfeffer und Salz finde! Warum kann ich darauf keine vernünftige Antwort kriegen?

Er brüllt. Verzweifelt. Keine Nerven mehr.

Herr Saft führt Paula und Paulas Tochter durch seinen Betrieb.

Herr Saft Das ist nun erst mal mein Reich oder wohl besser: meine Räuberhöhle, tja.

Sie stehen in seinem Büro.

Herr Saft Fehlt eben gewissermaßen die ordnende Hand. – Was soll man noch alles machen?

Das Telefon bestätigt ihn.

Herr Saft Horst! Altes Haus! . . . Ich höre, ich höre . . . Was höre ich? Gürtelreifen? – Ich weiß gar nicht, was das ist. Nie gesehn . . . Ich mach kein Quatsch! Vier Stück auch noch! Also im Ernst: ist nicht drin. Hab selber keine . . . Horst! Aber mal was anderes: Ich brauche zwei Mischbatterien, finnische . . . red nicht, du hast! . . . Ich hab keine! . . . Jedenfalls nicht vier Stück . . . Eine nutzt mir gar nichts. Küche und Bad . . . Also schön: vier Stück, meine eigenen. Aber keine Reklame! *Und zu Paula* Tja, so ist das Leben: Man muß sich gegenseitig helfen.

Paula hört ruhig zu und sieht sich ruhig um.

Dann stehen sie mitten in der Werkstatt, in der noch gearbeitet wird.

Das Gebäude der Werkstatt ist zu klein, zu dunkel, alte und neue Reifen erlauben kaum das Gehen, eine Wand zeigt noch Kriegsschäden.

Herr Saft Tja, so sieht's aus! – Aber was soll sein? Keine Zeit zum Renovieren oder Anbaun. Die laufen mir Tag für Tag die Bude ein. – Und dann: wenn man noch jemand hätte, dem man's hinterlassen könnte, ich meine ein Kind, auch 'n Mädchen, warum nicht! Was glauben Sie, was heute an Jungs alles in eine eigene Werkstatt einheiraten will?! Und im Vertrauen – es kommt auch was zusammmen, bloß, die Steuern! Und keine Leute!

Paula bringt es fertig, sich das alles ruhig anzuhören . . .

Paul steht vor Paulas Tür. Daß Paula nicht da ist, weiß er. Er wartet.

Paula kommt außer mit ihrer Tochter auch mit Herrn Saft.

Paula schließt ihre Tür auf, ohne von Paul Kenntnis zu nehmen.

Herr Saft Tja, also: das war's. Hat mich riesig gefreut. Und für Sie war's vielleicht auch mal was anderes . . .

Das alles sagt er vor allem wegen Paul, den er wohl kaum kennt, aber dessen Hiersein ganz eindeutig ist.

Herr Saft . . . ansonsten, Frau Paula, wenn irgendwas ist: Ein Wink genügt. Ich schaff alles ran, man muß bloß vor die richtige Schmiede gehen!

Er hofft, Paula wird ihn noch einladen . . .

Aber Paula hat das nicht vor.

Immerhin gibt sie ihm die Hand und hält auch die Sechsjährige dazu an – es sieht aus wie eine Demonstration für Paul.

Dann die beiden Männer allein auf der Treppe, Gegner seit Sekunden. Paul läßt keinen Zweifel daran, daß er hier zu warten gedenkt, bis er allein ist. Er hat Zeit . . .

Herr Saft geht. Soviel Zeit hat ein Mann wie er nicht.

Sofort klopft Paul bei Paula an – nichts rührt sich.

Er klopft lauter – ohne Erfolg.

Dann versucht er, durch den Briefschlitz in den Korridor zu sehen.

Paul *ruft schließlich* Paula! Mach auf! Ich weiß doch, daß du hinter der Tür stehst . . .

Also gut! Hörst du mich?

Auf jeden Fall hören ihn Paulas Nachbarn. Dort geht die Tür einen Spalt auf.

Paul . . . Also gut, reden wir so.

. . . Hörst du mich? Laß mich nicht wieder brüllen. Das war blöd. Entschuldige. Aber was soll ich machen? Das hält ja kein Tier aus, geschweige denn ein Mensch. Sag mir, was ich machen soll, damit du mit mir redest! . . . Und dann dieser Reifenfritze! Was soll das? Der Mann könnte dein Vater sein, dein Opa!

Paula! Mach dir doch nichts vor. Ich kenn dich doch. Du gehst doch ein bei dem Mann! Der kann doch nicht mehr!

Wieder eine der Rentnerinnen aus Paulas Haus auf der

*Treppe. Sie hat Besen, Eimer und Schippe bei sich, um die
Treppe zu säubern.*

Paul Mensch, Paula! Es geht doch hier nicht um mich!
Nach wie vor keine Reaktion von Paula.

Paul Paula!? – Es geht um mich . . . ich liebe dich!
*Die Rentnerin fuhrwerkt mit dem Besen.
Kein Wort von Paula.
Paul ist am Ende.*

*Paula will zur Arbeit und kommt mit dem Kind aus der
Wohnungstür – und faßt sich ans Herz.
Unmittelbar vor ihrer Tür soll an diesem Tag Paul auf ei-
ner ausgebreiteten Zeitung gelegen haben, sagt die Le-
gende. Er schläft. Sein Schlips ist halb offen.
Der Bart sprießt. Neben ihm eine leere Flasche Wodka.
Paula hält dem Kind den Mund zu.
Dann steigen beide vorsichtig über Paul weg.*

*Reifen-Saft in bester Laune auf Paulas Treppe.
Paul hockt auf Paulas Türvorleger und frühstückt Bröt-
chen, Bier und liest Zeitung. Seine Schuhe stehen seitlich
säuberlich nebeneinander (wie vorm Bett), sein Schlips
hängt am Türknauf.
Auf die Tür hat er ein großes Herz gemalt mit einer
Flamme und Paul und Paula und als Strichfigur Paulas
Mädchen. Saft entschließt sich, Paul nicht für voll zu neh-
men. Er klingelt.
Keiner macht auf. Dann geht Saft auf, warum.*

Herr Saft *ruft durch dir Tür* Ich bin das, Frau Paula!
*Jetzt macht Paula auf. Mit Paul hat sie gerechnet, weni-
ger schon damit, daß er da zeitunglesend frühstückt und
schon gar nicht mit dem Herz auf der Tür.*

73

Paul Morgen, Paulachen!

Reifen-Saft Frau Paula, kurz und knapp, ich bin kein Mann der vielen Worte: Ich hab da 'ne kleine Fahrt vor, auf meine Datsche, ich dachte, es könnte Ihnen vielleicht was sein und der Kleinen!?

Paula zögert.

Paul Wie wär's denn mit Baden fahren? Natürlich ›ohne‹? Ich kenn da 'n Platz. Halbe Stunde mit der Bahn, dann kleiner Fußmarsch?!

Reifen-Saft Schaun Sie, Frau Paula, ich bin ein einfacher Mann, tja, acht Klassen, selber hochgearbeitet, ich kann's nicht anders sagen: Sie müssen vergessen. Auch Ihren Ekel vor Autos. Das Leben geht weiter! Glauben Sie's mir!

Paula Ja. Gut. Bloß wir sind noch nicht soweit. Kommen Sie doch rein den Moment.

Und Reifen-Saft steigt über Paul in Paulas Wohnung.

Paula, Herr Saft und Paulas Tochter kommen ausflugs-fertig aus dem Haus. Da steht auch Safts Auto, aber im Auto sitzt Paul, lächelnd und zu allem entschlossen. Saft und das Mädchen sehen Paula an. Was wird sie sagen? Paula geht auf den Wagen zu und steigt ein. Ihre Devise ist: Paul ist nicht existent. Saft und das Mädchen folgen ihr.

Das, was Herr Saft Datsche nennt, ist nichts weniger als ein brandneues Landhaus mit allem Drum und Dran. Saft präsentiert es Paula mit verhaltenem Stolz. Paul schließt sich einfach an.
Die Küche.
Das Bad.

Das Wohnzimmer. Mit Kamin.

Das Mädchen *fragt* Is'n das?

Paula Das ist ein Kamin. Man macht Holz rein, und dann brennt's. Sehr gemütlich.

So ein Prachtstück von Haus hat Paula noch nicht gesehen.

Saft zeigt ihr den Schlafraum.

Paul sondert sich mit dem Mädchen ab.

Saft *zu Paula* Es ist so: Ich hab bei der ganzen Bauerei eigentlich immer an Sie gedacht. Kinder hab ich keine. Überhaupt keinen Anhang. Die Bude kann ich jeden Tag zumachen, dachte ich . . . nun ja . . . gesund wäre ich soweit. Man macht sich eben so seine Vorstellungen . . . Wir hätten noch allerhand vom Leben . . .

Paula kann ihn nicht ansehen, aber beeindruckt ist sie . . .

Öffentliche Badestelle, mit Steg und Dreimeterturm. Der übliche Betrieb, viele Kinder.

Paulas Tochter Kann ich baden? Haben wir was mit?!

Paula Nein.

Paul Du kannst doch ohne!

Die Sechsjährige Und du?

Und Paul fragt stehenden Fußes in eine Gruppe Sechzehnjähriger, die nebenan im Sand Karten spielen:

Paul Hat einer mal 'ne Badehose für mich, Männer?

Prompt fliegt ihm eine zu.

Paul betrachtet das Stück:

Zwei Dreiecke aus Stoff.

Die Sechsjährige ist schon fertig.

Paula Aber nur zehn Minuten!

Reifen-Saft *meint* Ziemliche Dreckbrühe hier.

Paul bindet die Dreieckhose zu – sie paßt tatsächlich.

Paula sieht weg.
Dann nimmt Paul das Mädchen an die Hand und rennt mit ihr auf den Steg.
Alles weitere aus Paulas Sicht, die bei Herrn Saft bleibt.
Die Sechsjährige springt vom Steg – Paul gleich nach ihr vom Turm mit einem prachtvollen Auerbach.
Dicht neben dem Mädchen taucht er wieder auf.

Reifen-Saft Sport muß ja auch sein. Manchem fehlt bloß die Gelegenheit oder die Zeit . . . Ich sah gar nicht schlecht aus beim Tennis seinerzeit, hatte Zukunft, tja! Long Ball! Short Ball! Flash! Kontra! Aber das Geschäft . . .!
Paul übt mit dem Mädchen zu dessen Vergnügen Saltos aus dem Stand im halbhohen Wasser.

Reifen-Saft Nächstes Jahr um die Zeit steht auch der Swimming-pool, zehn mal fünfzehn, beheizt und statt 'nem Turm – 'ne Wasserrutschbahn für die Kleine. – Wär das was?!

Paula Ist doch nicht nötig . . .

Reifen-Saft Ist ja wahr. Sieht so nach Angabe aus.
Paul erwartet im Wasser das Mädchen, das vom Steg einen Kopfsprung machen soll. Sie springt entschlossen und klammert sich beim Auftauchen an Pauls Hals, der sie anschließend ins flachere Wasser schwimmt.

Reifen-Saft Was ich sagen wollte, Frau Paula . . . es stört Sie doch nicht, daß ich immer Frau Paula sage?! Ich finde, man kann zu keiner Frau Fräulein sagen, die zwei Kinder . . .
Das durfte nicht kommen!
Paula macht die Augen zu.

Reifen-Saft Entschuldigen Sie, ich . . .

Paula Nicht doch. Das Leben geht weiter.

Es kommt sie hart an, aber sie schafft es.

Reifen-Saft Was ich sage! Man muß an die Zukunft denken! Und wir kennen uns ja nicht erst seit heute . . . kurz und gut, es ist immer so umständlich: Wollen wir uns nicht duzen?!

Paula antwortet nicht.

Das Mädchen tummelt sich in einem Haufen Gleichaltriger.

Paula ruft sie.

Die Folge ist, daß auch Paul kommt.

Die Sechsjährige Mama! Ich kann Köpper!

Paula Du lern erst mal schwimmen!

Paul Wer springt, kann auch bald schwimmen.

Paula *sieht ihn ruhig an. Dann* Na ja. Kann schon sein. *Paul starrt sie an. Paula redet wieder mit ihm! Alles wird gut. Er hat es ja gewußt: Reifen-Saft ist erledigt, hat sich selbst erledigt.*

Paula *die genau weiß, was sie tut, zu Reifen-Saft* Hast du mal was zum Kämmen für sie?

Sie meint das Mädchen.

Paul zuckt zusammen wie bei einem Tiefschlag.

So liegen die Dinge in Wahrheit!

Er müßte nun wieder zu seiner vorigen Haltung zurückfinden, lächeln, charmant sein, nicht zur Kenntnis nehmen, was Paula da macht, unerschütterlich an den guten Ausgang glauben, nicht aufgeben – und er will auch, schafft es aber nicht, gibt auf . . .

Sieger: Saft. Paul bleibt sitzen, als die anderen zu dritt gehen.

Das Mädchen sieht sich lange nach ihm um.

Paula hat eingekauft – Besen, Eimer und dergleichen,
Hausputzzeug.
Plötzlich schiebt sich ein Arm unter ihren.
Paula wird blaß. Sie sieht nicht hin. Sie denkt: Paul.
In Wahrheit ist es der Professor aus der Geburtenklinik.

Der Professor Was machts Leben, Paula, Schmerzens-
kind?!
Paula atmet auf.

Der Professor Alles normal? Nichts im Kommen?
Er legt seine Hand ungeniert auf Paulas Bauch.

Paula Alles normal, Herr Professor.

Der Professor Und? Wird's so bleiben?

Paula Denk schon . . .
Sie sind vor ihrem Haus angelangt.

Der Professor Immer an die kleinen, grünen Perlen denken. Das sind für dich die kostbarsten Perlen der Welt.
Lieber eine zuviel als eine zuwenig!

Paula Ach, so wichtig sind die Perlen nicht mehr für
mich.

Der Professor Warum?

Paula Ich werde wohl bald heiraten.

Der Professor Na, dann doch erst recht.

Paula Er ist schon älter, wissen Sie.

Paul liegt verschlafen und nur halb ausgezogen auf der
Campingliege in seiner Garage. Ringsum seine »Wirt-
schaft«, kein erfreulicher Anblick, auch Paul selbst nicht.
Nichts mehr von dem immer gut gebügelten Referenten.
Vor ihm stehen sein Kumpel und der Hohlkopf.

Der Kumpel Mensch, Paul! Hättste doch was gesagt!
Paul tut ihm leid.

Der Hohlkopf Das spricht doch Bände hier!

Paul setzt sich auf.

Der Kumpel Hättest du bloß ein Wort gesagt! Wir hätten das doch gedeichselt! Aber jetzt . . .!

Paul hebt die Schultern.

Der Hohlkopf Jetzt hast du eine ge-schla-ge-ne Woche gefehlt, unentschuldigt, in deiner Position! . . .

Paul fängt an, sich anzuziehen.

Der Hohlkopf Deine Frau. War nicht sehr fein, wie du mit ihr umgesprungen bist und dem Jungen. Schön, du kannst sagen, sie hat keine Bildung, ist hinter dir zurückgeblieben – aber an wem liegt denn das?!

Hinter seinem Rücken macht der Kumpel für Paul folgende Gebärde: Streu dir Asche aufs Haupt!

Der Hohlkopf Beeil dich bitte!

Paul Ich bin nicht rasiert.

Er hat inzwischen einen Vollbart.

Der Hohlkopf Das hättest du dir früher überlegen müssen. Wir haben Anweisung, dich sofort zu bringen.

Und so geschieht es. Paul muß so, wie er ist, in den Dienstwagen steigen.

Noch am selben Tag hat ihn die Welt wieder.

Korrekt angezogen und beladen mit Blumen, Konfekt, Sekt und einem nagelneuen Fahrrad für seinen Sohn marschiert er in sein Haus ein.

Paula, die am Fenster steht, sieht ihn.

Paula *sagt leise* Armer Paul. – Arme Paula.

Dann macht sie die letzten Griffe an ihrem Hochzeitskleid.

*Pauls Frau kriegt einen Heidenschreck, als sie Paul vor
sich sieht. Paul hält ihr die Blumen hin und die Pakete.
Dann bugsiert er das Fahrrad in die Wohnung.
Was ihm völlig entgeht, ist, daß da ein fremder Herren-
mantel und ein Hut an der Flurgarderobe hängen. Oder
will er das nicht sehen?
Der Junge ist da. Paul überreicht ihm das Rad.
Der Junge macht die Tür zu seinem Zimmer auf – da steht
das nämliche Rad, auch nagelneu.*

Der Junge Aber deins ist besser.

Paul Klar, die roten sind schneller.

*Inzwischen hantiert Pauls Frau an ihrem Kleiderschrank.
Als Paul überraschend ins Zimmer kommt, gibt sie vor,
sich umziehen zu wollen.*

Paul Du brauchst dich nicht umzuziehen. Du bist sehr
schön so, Ines. Komm!

*Die Frau folgt ihm. Pauls merkwürdig doppelbödige Art
ist ihr unheimlich.
Im Wohnzimmer ist der Tisch vollendet gedeckt. Kerzen.
Sekt. Appetitliche Schnittchen.*

Paul Wußtest du denn, daß ich komme?

Die Frau *erklärt mühsam* Ich . . . ja . . . sie haben angeru-
fen. Dein Kollege, der, der hier war. Er hat gesagt, daß
du nun wiederkommst.

Paul Wie schön.

Er schenkt Sekt ein.

Paul Ich bin dir eine Erklärung schuldig, Ines.

Die Frau Aber Paul, das ist doch nicht nötig.

Paul Doch, doch . . .

Die Frau Wir haben alle unsere Schwächen . . .

Paul Und die muß man verzeihen . . .

Er küßt ihr die Hand.

Die Frau Aber Paul . . .
Sie ist völlig verunsichert.
Paul Trinken wir auf deine Schönheit, Ines.

Zur gleichen Zeit geht Paula schlafen.
Sie greift zu einer unangebrochenen Flasche mit Kirschw-
hisky. Sie macht nicht viel Umstände, trinkt gleich aus
der Flasche. Dann legt sie sich ins Bett, vergräbt sich.

Auch Paul und seine Frau sind nun soweit, daß sie zu Bett
gehen.
Sie liegt schon im Bett, schön wie immer und beinahe rei-
zend. Paul, in gepflegtem Schlafanzug, steht vor ihr.
Dann hebt er die Bettdecke und legt sich zu ihr.

Die Frau schaut ihn an, und vielleicht würde alles noch gut gehen, wenn sie jetzt den Mund halten würde.

Die Frau *öffnet ihren Mund und herauskommt* Na, mein kleiner Dummer du . . .

Da geht mit Paul eine Veränderung vor sich.

Er fängt an zu lachen, steigt aus dem Bett, öffnet lachend die Schranktür.

Ihm entgegen fällt der zitternde Liebhaber der Frau. Paul greift ihn und setzt ihn sorgsam neben die Frau. Erstarrt blicken die beiden auf Paul.

Paul *erklärt überlegen und heiter* Das machen wir anders. Ganz anders, Kollegen! Sportsfreunde! Macht's gut!

Er verläßt sie mit einer Verbeugung.

Mit derselben Haltung kreuzt er die Straße und geht — nein, schreitet — in Paulas Haus.

Die Legende sagt, daß er schön aussah, wie ein Märchenprinz.

Paul klingelt bei Paula. Keine Antwort. Das überrascht ihn nicht. Paul klingelt an der Nachbarwohnung. Eine alte Dame öffnet.

Paul *fragt zuvorkommend* Wäre ein Beilchen da oder eine Axt, gute Frau? Besser eine Axt.

Der Frau gehen vor Pauls Schönheit die Augen über. Zwei Sekunden später hat Paul eine Axt. Er küßt die Klinge.

Paul *ruft* Paula! Ich komme!

Dann der erste Schlag gegen die Tür.

Paul läßt sich Zeit für den zweiten Schlag.

Das Treppenhaus füllt sich mit Hausbewohnern, die Zeuge sein wollen. Es findet sich sogar ein alter Herr, der

eine uralte Plattenkamera auf Paul und sein Tun richtet.
Mit Pauls zweitem Schlag gibt Paulas Tür nach.
Paul schreitet in die Wohnung – ihm nach die neugierigen
Hausbewohner.
Paul betritt Paulas Zimmer.
Paula kniet im Bett.

Paula Nein!
Paul geht auf sie zu.
Paula Nein!
Sie weicht zurück, ans äußerste Ende des Bettes.
Paul greift nach ihr.
Paula ohrfeigt ihn.
Paul nimmt sie in die Arme.
Paula *schreit immer noch* Nein! Nein!

Aber ihr Ton ist schon ein anderer. Die Tränen kommen ihr.

Schließlich umarmt sie Paul, aber das ist kein Umarmen mehr – ein Festklammern. Pauls Hemd zerreißt dabei auf dem Rücken.

Den Hausbewohnern werden die Augen feucht. Sie ziehen sich leise zurück.

In der Geburtenklinik . . .

. . . sitzt eine absolut glückliche Paula dem Professor gegenüber.

Der Professor Erzähl mal. Was macht dein älterer Herr?

Paula Reifen. Wie immer.

Der Professor Und sonst?

Paula Keine Ahnung.

Der Professor Ich versteh überhaupt nichts mehr.

Paula Ich hab doch jetzt Paul.

Ihrer Meinung nach sagt das alles.

Der Professor Ach nee!

Paula Und Paul das ist . . . na, das ist – Paul und Paula!

Der Professor Na, dann ist ja alles gut.

Paula Ist es auch. Ich krieg ein Kind von Paul.

Der Professor Im wievielten?

Paula Im dritten.

Der Professor Trotz Pillen?

Paula Ach, Pillen! Ich will's kriegen.

Der Professor Paula! Ich weiß doch, was in dir vorgeht. Du denkst an den Unfall von deinem Jungen. Du denkst, du bist schuld.

Paula Denk ich nicht mehr.

Der Professor Dann, weil du denkst, du liebst deinen Paul und er dich.

Paula Das denk ich nicht nur.

Der Professor Dann sei froh. – Du bist doch kein Kind mehr. Es gibt eben Dinge, die nicht gehen. Du kannst nicht alles haben. Wenn du was von Philosophie verstehen würdest, würde ich sagen: Ideal und Wirklichkeit gehen nie übereinander. Ein Rest bleibt immer.

Paula *übersetzt nach einigem Nachdenken* Ich kann also von dem einzigen Mann, den es für mich gibt, kein Kind haben.

Der Professor Paula! Ein drittes Kind überlebst du nicht. Du verblutest mir auf dem Tisch.

Paula Also keine Chance für mich?

Der Professor Nein.

Paula Überhaupt keine? Nicht soviel?

Der Professor Das kann man so nicht sagen . . .

Paula Dann krieg ich's.

Jedenfalls sagt so die Legende.

Paula auf der Straße, so wie sie vom Professor kommt. Sie steigt in den nächsten Schacht der Untergrundbahn.

Sprecherstimme:
Paula hat die Geburt des Kindes nicht überlebt.

Man sprengt Paulas Haus. Das letzte alte Haus in der Straße von Paul und Paula.

Paul hat eine neue Wohnung bezogen. Die Möbel sind noch nicht an ihrem Platz, die Koffer noch nicht ausge-

packt. Nur das Bett, Paulas Bett, ist schon aufgestellt. Im
Bett schläft Paul, neben ihm Paulas Tochter, sein Junge
und Paulas kleines Kind.
Auch ein Bild hängt schon: Paula, wie sie Paul umarmt,
daß sein Hemd auf dem Rücken zerreißt.

Lied

Unsre Füße, sie laufen zum Tod
Er verschlingt uns und wischt sich das Maul
Unsre Liebe ist stark wie der Tod
Und er hat uns manch Übels getan.

Jegliches hat seine Zeit
Steine sammeln, Steine zerstreun
Bäume pflanzen, Bäume abhaun
Leben und Sterben und Friede und Streit.

Meine Freundin ist schön
Als ich aufstand, ist sie gegangen
Weckt sie nicht, bis sie sich regt
Ich hab mich in ihren Schatten gelegt.

Die Legende von Paul & Paula

Ein DEFA-Spielfilm der Gruppe »Berlin«
in Breitwand und Farbe

Drehbuch: Ulrich Plenzdorf, Heiner Carow
Regie: Heiner Carow

Dramaturgie: Anne Pfeuffer. Produktionsleitung: Erich Albrecht. Kamera: Jürgen Brauer. Szenenbild: Harry Leupold. Ausführung: Dieter Döhl, Regina Fritzsche. Musik: Peter Gotthardt. Es spielen das DEFA-Sinfonieorchester, Leitung: Manfred Rosenberg. Solist: Professor György Garay und die Puhdys. Der Liedtext »Von der Liebe ein Lied« von Wolfgang Tilgner wurde dem Gedichtband »Über mein Gesicht gehen die Tage« vom Mitteldeutschen Verlag Halle entnommen. Kostüme: Barbara Braumann. Masken: Bernhard Schlums, Regina Teichmann. Ton: Werner Blaß. Schnitt: Evelyn Carow. Regie-Ass.: Eleonore Dressel, Irmgard Maass. Filmfotografen: Manfred Damm, Herbert Kroiss. Aufnahmeleitung: Dieter Krüger, Karl-Heinz Rüsike, Theo Scheibler. Außenrequisiteur: Werner Gießler. Beleuchtungsmeister: Horst Döring. Bühnenmeister: Adolf Arnold.

Fotonachweis:
Defa-Kroiss (28)
Günter Linke (6)

Paula	Angelica Domröse
Paul	Winfried Glatzeder
die Schöne	Heidemarie Wenzel
Reifen-Saft	Fred Delmare
der Kumpel	Dietmar Richter-Reinick
Kollege Schmidt	Frank Schenk
ein anderer Kollege	Peter Gotthardt
der Schießbudenbesitzer	Hans Hardt-Hardtloff
seine Frau	Käthe Reichel
Professor	Rolf Ludwig
Colly	Christian Steyer
der blonde Martin	Jürgen Frohriep
seine Freundin	Eva-Maria Hagen
der Liebhaber der Schönen	Willi Schrade
alte Dame	Marga Legal
ein Rentner	Frank Michelis
Frau Knuth	Hertha Thiele
Verkäuferin	Brigitte Beier
jüngere Verkäuferin	Elvira Schuster

In weiteren Rollen: Edgar Külow, Bodo Krämer
Verleih: VEB Progress Film-Vertrieb

suhrkamp taschenbücher
Eine Auswahl

Isabel Allende
– Das Geisterhaus. Roman. Übersetzt von Anneliese Botond.
  st 1676. 501 Seiten
– Mayas Tagebuch. Roman. Übersetzt von Svenja Becker.
  st 4444. 444 Seiten

Maya Angelou
– Ich weiß, warum der gefangene Vogel singt. Übersetzt von
  Harry Oberländer. st 4897. 321 Seiten

Friedrich Ani
– Der namenlose Tag. Roman. st 4720. 298 Seiten

Gerbrand Bakker
– Oben ist es still. Roman. Übersetzt von Andreas Ecke.
  st 4142. 315 Seiten

Joanna Bator
– Sandberg. Roman. Übersetzt von Esther Kinsky. st 4404.
  492 Seiten

Jurek Becker
– Jakob der Lügner. Roman. st 774. 288 Seiten

Louis Begley
– Lügen in Zeiten des Krieges. Roman. Übersetzt von Christa
  Krüger. st 2546. 223 Seiten. Großdruck: st 4092. 310 Seiten

Thomas Bernhard
– Alte Meister. Komödie. st 1553. 310 Seiten
– Holzfällen. Eine Erregung. st 1523. 336 Seiten

Candice Fox
– Hades. Thriller. Übersetzt von Anke Caroline Burger.
  Herausgegeben von Thomas Wörtche. st 4838. 341 Seiten

Philippe Grimbert
– Ein Geheimnis. Roman. Übersetzt von Holger Fock und
  Sabine Müller. st 3920. 154 Seiten

Peter Handke
– Immer noch Sturm. st 4323. 165 Seiten
– Mein Jahr in der Niemandsbucht. Ein Märchen aus den
  neuen Zeiten. st 3887. 628 Seiten
– Wunschloses Unglück. Erzählung. st 3287. 96 Seiten

Hermann Hesse
– Der Steppenwolf. Roman. st 175. 288 Seiten
– Siddhartha. Eine indische Dichtung. st 182. 128 Seiten
– Narziß und Goldmund. Erzählung. st 274. 320 Seiten

Uwe Johnson
– Jahrestage. Aus dem Leben von Gesine Cresspahl. 4 Bände.
  st 4455. 2150 Seiten

James Joyce
– Ulysses. Roman. Übersetzt von Hans Wollschläger. st 3816.
  987 Seiten

Daniel Kehlmann
– Ich und Kaminski. Roman. st 3653. 174 Seiten

Sibylle Lewitscharoff
– Blumenberg. Roman. st 4399. 220 Seiten

Andreas Maier
– Das Haus. Roman. st 4416. 165 Seiten

– Onkel J. Heimatkunde. st 4261. 132 Seiten
– Wäldchestag. Roman. st 3381. 315 Seiten

Adrian McKinty
–Der katholische Bulle. Roman. Übersetzt von Peter
Torberg. st 4523. 384 Seiten

Robert Menasse
– Die Hauptstadt. Roman. st 4920. 459 Seiten
– Die Vertreibung aus der Hölle. st 4863. 729 Seiten

Patrick Modiano
– Eine Jugend. Roman. Übersetzt von Peter Handke. st 4615.
187 Seiten

Cees Nooteboom
– Allerseelen. Roman. Übersetzt von Helga van Beuningen.
st 3163. 440 Seiten

Amos Oz
– Eine Geschichte von Liebe und Finsternis. Roman.
Übersetzt von Ruth Achlama. st 3788 und st 3968.
828 Seiten
– Judas. Roman. Übersetzt von Mirjam Pressler. st 4670. 331
Seiten

Andreas Pflüger
– Endgültig. Thriller. st 4770. 458 Seiten

Marcel Proust
– Auf der Suche nach der verlorenen Zeit. 3 Bände in
Kassette. Übersetzt von Eva Rechel-Mertens. st 4830.
5200 Seiten

Ralf Rothmann
– Der Gott jenes Sommers. Roman. st 4959. 260 Seiten
– Im Frühling sterben. Roman. st 4680. 233 Seiten

Judith Schalansky
– Atlas der abgelegenen Inseln. Fünfzig Inseln, auf denen ich
  nie war und niemals sein werde. st 5002. 240 Seiten
– Der Hals der Giraffe. Bildungsroman. st 4388. 222 Seiten

Andrzej Stasiuk
– Die Welt hinter Dukla. Roman. Übersetzt von Olaf Kühl.
  st 3391. 176 Seiten

Uwe Tellkamp
– Der Turm. Geschichte aus einem versunkenen Land.
  Roman. st 4160. 976 Seiten

Hans-Ulrich Treichel
– Der Verlorene. Erzählung. st 3061. 176 Seiten

Mario Vargas Llosa
– Das böse Mädchen. Roman. Übersetzt von Elke Wehr.
  st 3932. 395 Seiten

Martin Walser
– Ein fliehendes Pferd. Novelle. st 600. 160 Seiten

Don Winslow
– Tage der Toten. Kriminalroman. Übersetzt von Chris Hirte.
  st 4340. 689 Seiten